달리는 남자
걷는 여자

차례

달리는 남자 걷는 여자

나무물고기 • 7

직소퍼즐을 맞추는 시간 • 19

비밀의 방 • 32

타임캡슐―울음의 기원 • 45

달리는 남자 • 58

마법의 시간 • 71

걷는 여자 • 84

첫 이별, 예외 없이 • 98

그 여름, 양귀비꽃 • 110

그렇게 첫 번째 하루 • 123

굿바이, 첸 • 136

눈먼 사랑법 • 148

아무도 모르게, 작별 • 161

슬픈 완벽한 아름다운, • 172

CLOSE! 이만 안녕! • 184

시간이 지나면 흐릿해지는 것 • 197

우연과 우연이 우연히 • 209

차갑고 뜨겁게, 첫 겨울 • 222

다시, 사랑 • 234

작가의 말 • 237

나무물고기

은탁은 부령제과 앞에 지프를 세웠다. 예약 손님을 픽업하기 위해서다.

문자메시지로 주소를 찍어 보내면 승용차로 알아서 찾아오는 방문객이 늘고 있다. 하지만 대중교통을 이용하는 뚜벅이 여행자가 아직까지는 게스트하우스 전체 이용객의 절반이 넘는다. 픽업 서비스는 거의 필수 옵션이다. 일손이 달릴 때는 솔직히 성가셨다.

사람들의 기대치를 맞추기가 점점 어려워져간다. '무엇을 상상하든 그 이상을 보게 될 것이다'라는 광고 문안이 서비스산업계에서 전방위적으로 통용되는 추세 탓이다. 은탁도 가끔 회의가 든다. 군내(郡內) 고등학교 국어교사로 말뚝을 박고 애향을 실천해오는 고교 동창 명수가 선후배 번개모임에서 이 애매한 숙박업에 딴죽을 건 바 있다.

—게스트하우스라고 하면 좀 있어 보이냐? 거 옛날 말로는 그냥 봉놋방인 거잖아. 뜨내기 나그네 보부상, 어울렁더울렁한데 자빠져 뒹구는 주막집 큰 방. 하여간 서울서 살아봤네 하는 것들은 뭐든 꼬부랑말 갖다 붙이면 엄청 세련되지는 줄 안다니까. 머릿속은 야바위면서. 에라이!

명수는 또 뒷북치듯 진즉에 술자리를 털고 가버린 수연일 추어올렸다.

—부령제과! 파티셰베이커리도 르코르동블루베이커리도 아닌, 부령제과! 좀 좋아? 그래서 내가 수연일 사모하잖아.

—씨발, 형이나 잘해. 은하 데려다 과부시엄씨 독한 시집 살리면서 문화해설산지 관광가이든지 하는 타지년 밥 사주랴 술 사주랴 지랄 떨지 말고. 수연이 걔가 지 말대로 식빵 태워먹을까 봐 냉큼 일어선 줄 알아? 순전히 형 때문인 거 몰라? 난 탁이 형이 여기 내려와 있으니까 울 동네가 쌈빡해져서 좋기만 허네.

그날 명수는 후배인 수창에게 오금이 박혀 술잔만 거푸 비워 냈다. 고향 까마귀라고 다 반가운 건 아닐 테니, 명수의 텃세쯤 이해 못 할 일도 아니다.

어디나 사정이 비슷하겠지만 게스트하우스 '나무물고기'에 짐을 풀기로 한 여행자들도 지인의 추천이나 알음알음 입수한 소문에 확신을 걸고 찾아온다. '상상 이상'은 못 되더라도 적 어도 '상상한 만큼'은 되어주어야 인스타그램이나 페이스북에 후기를 띄울 의사가 생기는 것이다. 영업상 이윤을 염두에 둔 홍보 목적에서가 아니라 누군가의 소중한 시간이 무가치하게 허송되고 말았다는 평가는 그의 자존심이 용납하지 않는 까닭 이다.

몹시 바쁠 때만 아니라면 터미널 픽업 정도의 수고는 사실 즐겁게 치러야 마땅하다. 주로 도보나 자전거 배낭여행으로 청 춘의 한 시절을 통과한 그로서는 길에서 만난 사소한 친절이나 작은 베풂이 얼마나 풍성한 고마움으로 남는지, 얼마나 설레는 뜨거움으로 다가오는지 익히 알고 있다.

그럼에도 불구하고, 은탁은 픽업이 가능한지를 문의해오는 여행자들에게 일단 한번 걸어볼 것을 권유한다. 버스정류장에서 나무물고기에 이르는 약 2킬로미터 구간은 충분히 그럴 만한 가치가 있기 때문이다. 여행이란 풍경 속으로 걸어 들어가는 일이다. 속도와 문명의 이기를 포기할 수 없다면 여행이 아니라 돈과 시간과 에너지를 쏟아붓는 이동에 불과하다. 프랑스의 대문호 빅토르 위고도 시속 삼사십 킬로미터의 기차 여행조차 풍경에 집중할 수 없는 공간 이동일 뿐이라며 질색했다.

─천천히 걸어보세요. 절대 후회하지 않을 겁니다.

물론, 원하면 기꺼이 모시러 나가겠다는 단서를 붙이는 것으로 주인장 도리는 하고 있다.

─지금 서 계신 정류장 건너편에 부령제과 간판 보이시죠? 거기서 편하게 기다리세요. 커피 한 잔 비울 때쯤이면 도착합니다.

은탁이 몸소 차를 몰고 나갈 상황이 안 되면 부령제과 시급 점원 운호의 스쿠터 뒷자리가 대기하고 있다. 헬멧을 제공하며, '상상 이상'을 상상한 몽상가라면, 뭐, 치앙마이 자유여행 분위기를 살짝 맛보는 기회가 되지 않을까. 초면에 레게머리를 한 어린 남자의 허리춤을 꽉 잡아야 하는 것이 마뜩지 않은 여성이라면, 제과점 주인 수연이 손수 운전하는 소형차가 해결책이 될 것이다. 아, 제과점에서 자전거를 빌릴 수 있다는 팁도 잊지 않고 덧붙인다. 대개는 난감해하지만.

조금 전에 나무물고기 프런트로 전화를 걸어온 여자도 그랬다. 걷거나 자전거 타는 걸 무척 좋아하지만 오늘은 짐이 좀 많다고. 대신 시간도 많으니 넉넉히 기다려도 상관없다고.

*

은탁은 제과점 안으로 들어섰다. 출입문에 매달린 풍경이 달랑달랑 소리를 낸다. 그를 보자마자 수연이 의미심장하게 안쪽 테이블의 여자를 눈짓하면서, 입으로는 제 용건부터 바삐 쏟아놓았다.

"우리 내일 아침에 배달 못 해. 온 김에 갖고 가요."

그는 수연이 내미는 빵 바구니를 얼결에 받아 안았다.

"운호 부려먹기 맘 아파서 아끼는 거야? 딴에 고모라고?"

"그 자식 말도 꺼내지 마. 지 버릇 어디 가? 어째 한동안 잠잠하다 했네요."

"뭐야, 들고 날랐어? 패고 들어갔어?"

"오라버니두 참, 질문 한번 거두절미 간결하네. 어쩌나, 이번엔 말썽의 정석을 비껴갔답니다."

"그럼?"

"동전털이도 아님, 주먹질도 아님. 그럼 뭐냐? 혼자 까불다가 혼자 갔았음. 불행 중 다행이지. 고맙더라고. 왼쪽다리 올 깁스했고, 손가락 두 개도 석고붕대로 칭칭 감았고, 헬멧 덕에 꼴통은 무사하고. 그것도 불행 중 다행이지. 스쿠터는 견적이 안 나와. 짜식이 이참에 갈잡니다, 오토바이로. 고놈의 주둥이 안 다쳐서 유감이다 그랬네요, 내가."

조카라고는 달랑 운호뿐인데도 바람 잘 날 없다. 그래도 수연 말대로 그만해서 다행이긴 하다. 저 다친 건 안됐지만 남 다치게 한 것보다는 뒤처리도 수월할 테고.

"그러게, 내가 데리고 있어보겠다니까."

"아이고, 그 자식이 오빠 말은 들을 것 같아서?"

"걔, 나 싫어하진 않던데?"

"네에, 네에, 싫어하지 않지요. 그 자식이 좋아라, 하는 사람은 만만한 사람이야. 찜 쪄 먹기 딱 좋은."

"내가 만만? 나를 찜 어쩐다고? 운호 그놈 안 되겠네. 언제 내가 한번 단단히 손을 봐줘야 쓰겠구만."

"오빠 그런 말 할 자격 없거든? 그리고 내가 보기에도 오빠가 왕 밀려요. 개가 누구 새낀지 알면서도 그딴 말이 나오셔?"

"야, 수창이는 나한테 깍듯하다야."

"창이 오빠가 지 새끼보다 나은 건 딱 그 한 끗이야요. 수틀리지만 않으면 위아래는 알거든. 탁이 오라버니한테까지 막 나가면 운호나 창이 오빠나 그 나물에 그 밥. 도긴개긴. 그땐 나도 그 부자에게서 손 뗄 거야. 아님 내 손에 장 지진다, 진짜."

은탁은 수연의 푸념이 더 늘어지기 전에 빵 바구니를 뒤적이며 말을 돌렸다.

"냄새 환상이다. 말하기 입 아프지만 너 이 촌구석에 두기 아깝다. 나나 우리 집 손님은 네 덕에 장인의 손맛을 만끽하는 지복을 누리지만."

그야 당연하지. 수연이 흡족한 듯 턱을 치켜들며 팔짱을 꼈다.

게스트하우스 나무물고기에서 조식용으로 사용하는 식빵과 크루아상은 전부 부령제과에서 댄다. 카페 나무물고기에서 판매하는 다식용 쿠키와 디저트 케이크도 그녀의 회심작들이다.

나무물고기를 통해 부령제과의 단골이 된 원거리 손님이 꽤 있을 만큼, 수도권 어느 베이커리와 맞붙여놔도 뒤지지 않을 빵을 굽는다는 자부심이 짱짱하다. 천연발효종과 원당을 쓰느라 원가 비율이 높은데도 이 한적한 읍내 수준을 고려해 가격을 정한다는 건 쉽지 않은 마인드다.

은탁과 마찬가지로 수연도 이곳 부령에서 나고 자랐다. 부령제과로 간판이 바뀌기 전 이곳은 부령 거주자 및 연고자 거개가 한 번 이상 들락거린 차이니스레스토랑, 즉 부령반점이었다. 바로 이 자리에서 수창 수연 남매의 아버지 권규수 주인장 겸 주방장은 밀가루를 치대고 면발을 뽑았다. 추석과 설날, 당일과 이튿날을 뺀 일 년 내내. 장장 삼십팔 년을 아내 없이 홀로, 한결같이.

권규수 옹은 간경화로 영구히 은퇴할 때까지 성실히 생업에 복무했다. 읍내에 소재한 초중고 입학식과 졸업식, 어린이날과 어버이날, 그리고 탕수육 팔보채 요리쯤 시켜줘야 모양새 사는 읍민들의 각종 기념일들을 의롭게 책임졌다. 그리하여 부령반점은 거의 모든 부령읍민의 추억의 공공장소, 추억의 전당이 되었다. 그때를 못 잊어 아직도 벌초 길에 부령제과 앞을 지나치다가 부러 알은체를 하는 이가 있다는 것이다.

—우리 어머니 돌아가시기 전에요, 꼭 한 번만 부령반점 짜장면 비벼봤으면 좋겠다고 하시더라구요. 아저씨는 완전히 손 놓으시고, 뭐 하세요? 혹시……?

—맞아요. 돌아가셨어요.

수연이 팔짱을 풀고서 찡긋 눈신호를 한다. 그러더니 싹 바뀐 표정과 말투로 안쪽을 향해 외쳤다.

"손님, 나무물고기 간다고 하셨죠?"

이들의 수다에도 꿋꿋한 무관심으로 일관하던 젊은 여자가 그제야 고개를 돌렸다. 은탁이 먼저 눈인사를 보냈다. 여자도 의자에서 일어나 고개를 까딱 숙였다 들었다. 다음 순간, 은탁은 할 말을 잃었다. 수연의 의미심장한 눈짓이 이해가 됐다.

여자가 전화로 미리 밝힌 대로 짐이 많긴 많았다. 문제는 짐의 많고 적음이 아니었다. 가벼운 여행 보따리치고는 무리가 있는 구성이었다. 가냘픈 체구에 비해 크고 묵직해 뵈는 백팩은 차치하고서라도, 검은 보자기로 꽁꽁 싸맨 저 물건은 뭐며,

기내에는 절대 반입할 수 없을 저 어마어마한 트렁크는 또 뭐란 말인가. 도대체 이삿짐이 아닌 이상 단 며칠 머물 요량으로 어떻게 저 큰 트렁크를 다 채워 올 수 있단 말인가. 그것도 고속버스와 시외버스로 이동했다면서.

은탁만 해도 몇 해 전까지 두서너 달씩 걸리는 해외여행을 일삼아 다니던 처지였건만 결코 저만한 짐을 꾸린 적이 없다. 하물며 그가 기억하기로, 여자는 분명코 한 사나흘이라고 본인 입으로 말했었다. 입금도 계약금 선불이 아닌 사흘치 요금 완불이었다. 깔끔하고 확실한 예약이었다.

여자가 테이블에 두 손을 짚고 선 채 자기의 짐을 물끄러미 내려다보았다. 본인도 자신의 과한 행장을 인정하는 눈치였다.

그러나 정작 은탁으로 하여금 말을 잃게 만든 것은 짐의 양도, 짐의 구성도 아니었다. 2인 1실로 예약한 내용과 달라서도 아니었다. 당혹스럽긴 해도 그 부분은 우선에서 밀려났다. 그보다도 찰나적인 무엇인가가 그의 눈을 의심케 했고, 그의 입을 막았다. 그저 놀라움이라는 단어로는 함량이 부족한 그 무엇은, 경악이 아닌 경이 자체였다. 그 경이가 불러낸 전복, 원치 않은 기억의 전복이었다.

은탁은 가까스로 내부의 동요를 가라앉혔다. 그는 여자의 트렁크로 손을 뻗으면서 제법 침착하게 물었다.

"두 분으로 알고 있는데, 한 분은 나중에 오시나요?"

여자는 답 없이 백팩을 메고는 검은 보자기에 싼 액자를 버겁게 끌어안았다.

"놔두시면 제가 옮길 텐데요."

여자는 그 말에도 답하지 않았다.

        *

은탁은 트렁크와 백팩을 지프 뒤쪽에 실었다. 여자가 머뭇머뭇하며 건넨 액자는 뒷좌석에 조심스럽게 앉혔다. 이어 조수석 문을 열었다. 여자가 차 문짝에서 오히려 한 걸음 물러섰다. 그러고는 원피스 앞섶에 꽂아둔 선글라스를 콧등에 얹으며 말했다.

"천천히 걸어보려구요. 절대 후회하고 싶지 않거든요."

여자가 손목에 둘둘 감고 있던 선홍빛 머플러를 풀어 긴 머리카락을 한 가닥으로 정리했다. 은탁은 가볍게 허를 찔린 느낌이었으나 이내 수긍했다.

"나쁘지 않은 선택입니다."

그는 여자에게 게스트하우스로 가는 길을 자세히 일러주고 혼자 지프에 올랐다. 그리고 천천히 차를 출발시키면서 룸미러로 후방을 살폈다. 그때였다. 여자가 주저 없이 도로를 건넜다. 그가 일껏 알려준 길과는 완전히 반대쪽으로 가는 방향이었다.

왜 저러지?

여자는 소금밭과 소금창고가 죽 늘어선 바다 벌판으로 아무렇지도 않게 걸어갔다. 그는 한 순간 되돌아가야 할지 망설였다. 그는 핸들을 돌리지 않았다. 왜인지, 작정한 듯한 걸음걸이로 봐서 여자가 자신의 설명을 잘못 알아들은 것 같지는 않다는, 확인할 수 없는 확신이 들었다.

곧 백미러에서 여자의 모습이 사라졌다.

직소퍼즐을 맞추는 시간

마린…….

그녀가 알기로 자신의 이름 마린(痲潾)의 린은, 맑은 물 또는 물결이 반짝이는 모양을 의미한다. 이름처럼 살라는 부모의 뜻이었으리라. 그렇게 살 수 있을지는 운에 달려 있다. 그녀는 자신의 운을 시험하고 싶지는 않았다. 하지만 운이라고 하는 노가 저어가는 방향을 제힘으로 거스르기는 어렵다. 그녀는 그날 아침 그 사실을 확실히 알게 되었다.

*

침대에는 아직 첸의 온기가 남아 있었다.

눈을 뜨기 전 린은 전날 오후부터 그날 아침에 이르는 스무여 시간을 자신의 생에서 도려내고 싶다고 생각했다. 빙산의 옆구리에서 찢겨나가 극해의 유빙으로 떠도는 얼음 조각이 망막 안쪽에 떠올랐다. 그렇게 사라지면 좋으련만.

첸은 보이지 않고, 레코드가 돌아가고 있었다. 이미 귀에 딱지가 앉도록 듣고 또 들은 멘델스존의 바이올린곡. 지난달에는 귀에서 진물이 나도록 생상스의 바이올린협주곡을 되풀이해서 들어야 했다. 첸의 연주회 레퍼토리에 포함돼 있기 때문이었다. 두 곡 다 그와 그녀가 태어나기도 전 아마득한 옛 시절 녹음들이다. 그는 들을 때마다 좌절감을 맛본다고 했다.

첸은 턴테이블을 애호한다. 21세기, 스물을 갓 넘긴 청년에게선 보기 드문 취향이다. 그녀는 그를 이해했다. 그는 몇몇 우호적인 비평가들 사이에 차세대 비르투오소로 거론되는 신예 바이올리니스트다.

내 자랑이라 쑥스럽지만, 하고 첸은 린에게 자신의 몸값을 슬쩍 귀띔해주었다. 일찍이 나고 자란 캘리포니아 교포사회에서 신동이라 불렸으며, 문턱 높은 청소년 국제콩쿠르에서 1위 없는 2위의 영예를 거머쥠으로써 소문을 기정사실화했다는 것도. 연이은 굵직한 국제콩쿠르 상위 입상과 권위 있는 음악상 수상, 협연과 독주 콘서트로 쌓은 경력 등은 그가 그저 그런 연주자 레벨에 머물 수 없는 운명의 증표임과 동시에 강박증의 원천이었다. 그는 오는 가을, 베이징에서의 오케스트라 협연과 서울에서의 독주회를 앞두고 있었다.

일주일 간격으로 두 나라 두 도시에서 스케줄이 잡힌 건 그의 출생을 결정지은 부모의 욕망과 무관하지 않다. 소호의 재패니스레스토랑에서 처음 만났을 때 첸은 차이니스와 코리안 사이에 낀 아메리칸이라고 자신을 소개했다. 린은 코웃음을 쳤다.

—번거롭기도 해라. 내 눈엔 그냥 찢어진 눈을 한 어린 남자데?

그녀가 보기에 그는 정체성의 혼란을 극복하지 못한 바이올린 주자일 뿐이었다. 언어의 세계, 세계의 언어를 넘어서는 강력한 기호를 자유자재로 구사하는 음악가치고는 어딘지 맥 빠지는 마마보이. 그게 그의 첫인상이었다. 그런 그가 어젯밤 그녀의 귓불을 당겨 속삭였다.

—난 네가 아주 못돼먹었는데도 사랑해.

—웃기지 마. 넌 너 자신과 너의 악기를 사랑하지. 너에게 고가의 과르네리를 안겨준 네 엄마 아빠도 사랑하지 않을걸?

—거봐, 못됐다니까.

—아파, 저리 가. 아무튼 넌 이래저래 한시도 내 귀를 가만두지 않아.

말과는 달리 그녀는 그의 손을 내버려두었다. 여느 때 같았으면 어림도 없었다. 그녀는 그의 탐닉에 조금씩 싫증이 나던 참이었다. 그와의 관계를 이어가고 있는 건 아직 자신의 감정에 대한 결론이 나지 않아서였다.

친밀감과 사랑은 같은 걸까. 같은 것이 아니라면 같아질 수 있는 걸까.

그러나 어제는 그가 꼭 필요했다. 다른 건 아무래도 좋았다.

*

린이 기지개를 켜느라 두 팔을 뻗었을 때, 전화벨이 울렸다. 그녀는 발신자를 확인하고는 담요를 뒤집어썼다. 엄마와 통화를 하기에는 부적절한 장소, 부적절한 시간대였다. 실은 마음에 걸리는 이유가 따로 있었다. 그녀는 전원을 꺼두지 않은 걸

후회하면서 웅얼웅얼 딴청을 피웠다.

무궁화꽃이피었습니다, 무궁화꽃이피었습니다, 그만좀피면 좋겠습니다…….

계속해서 벨이 울렸다. 저쪽의 의지가 확고하다는 뜻이었다. 네가 받을 때까지…… 뭐 그런.

린은 불현듯 겁이 났다. 엄마는 원래 집요한 사람이 아니잖은가. 두 문장을 넘기지 않는 잔소리조차 일 년에 다섯 손가락 안팎이었다. 게다가 롱아일랜드의 아침 이 시각은 서울의 깊은 밤.

그녀는 담요를 걷어차고 전화기를 귀에 갖다 댔다.

"린?"

"미안. 샤워 중이었어."

아뿔싸. 그녀는 결코 아침에 샤워를 하지 않는다. 나는 나고, 너는 너고. 선긋기가 명료한 엄마일지언정 딸의 오랜 습관을 모를 리 없었다. 두 사람이 동시에 한숨을 폭 내쉬었다. 먼저 말을 꺼낸 건 엄마였다.

"아빠한테 일이 생겼어. 아주 나쁜 일이야."

그럴 리가. 어제까지만 해도 아빠의 신상에는 아무런 일도 일어나지 않았다. 신상에 변수가 생긴 건 린 자신이었다. 그것도 아빠로부터 비롯된 반전.

어제 린은 이메일수신함에서 아빠의 이름을 발견했다.

쳇, 일 년에 한 번쯤은 아빠 노릇 하고 싶은 거? 이참에 밍밍한 부녀 관계를 만회하고 싶다는 제스처야, 뭐야?

그녀는 사춘기를 못 벗어난 십대처럼 툴툴대며 이메일을 열고, 성가셔하며 첨부파일을 펼쳤다. 그러나 그녀는 이내 부루퉁하게 내민 입술을 깨물어야 했다. 느긋하게 끼고 있던 팔짱에도 힘이 들어갔다.

그녀의 아빠는 '스물두 번째 생일을 맞은 딸에게'로 편지를 시작해 평범한 축하 인사와 어울리지 않는 애정 표현으로 서너 줄을 더 써 내려갔다. 그런 다음 차마 감당하고 싶지 않은 고백으로 나머지를 채워놓았다. 이를테면.

딸이 받을 충격에 대비한 우려와 미안함, 적절히.

평소 고뇌와는 거리가 먼 인간 마영후의 평소 같지 않은 고뇌, 적당히.

합리화 시도에서 왕왕 엿볼 수 있는 비겁의 혐의, 약간.

실로 용의주도하게, 황금비율로 제작된 편지였다. 곳곳에 꿰맞춰야 할 퍼즐 조각들이 파편처럼 흩어져 있었다. 만지면 틀림없이 손을 베이고 말 위험천만한 칼날들이었다. 편지는 '엄마에게도 네가 이 모든 사실을 알게 되었다고 얘기하마'로 끝맺고 있었다.

린은 편지를 읽는 것만으로도 진이 다 빠졌다. 답장이나 전화로 불불이 확인하고 항의할 힘이 남아 있지 않은 블랙아웃 상태로 나가떨어졌다. 머릿속이, 컴퓨터 화면이, 사방 벽면이 네거티브필름처럼 온통 검거나 하얬다. 눈물은 나지 않았다.

그녀는 물 없이 아스피린을 삼키고 십 분쯤 변기 뚜껑 위에 앉아 있다가 기숙사 밖으로 뛰쳐나왔다.

그녀는 무작정 걸었다. 부모의 손을 놓친 아이처럼 쉬지 않고 걸었다. 세상의 모든 문들이 다 닫힌 날이었다. 어느새 하늘도 닫혀 완전히 어두워졌다. 문득 고개를 들어보니 첸의 연습실이 있는 건물 앞이었다. 그녀는 그가 점퍼 후드를 덮어쓰며 연습실 문을 나설 때까지 복도 바닥에 웅크리고 앉아 있었다.

—오, 린? 여기서 날 기다린 거야? 꿈은 아니지?

— 아무 말 마. 그냥 어디든 데려다줘. 내 기숙사만 아니면 돼.

첸은 롱아일랜드에 있는 주말용 아파트로 그녀를 데려왔다. 서부에 있는 그의 가족이 뉴욕에 들를 때 머무는 공간이기도 했다. 그가 실내로 들어서면서 가장 먼저 한 일은 레코드플레이어 앞으로 가 멘델스존에 바늘을 내려놓은 것이었다. 그러고 나서 그녀를 안았다.

그러므로 린은 아빠에게 생겼다는 나쁜 소식보다도, '엄마도 내가 그 모든 사실을 알게 되었다는 사실을 알고 있는지'부터 따지고 싶은 심정이었다.

"린, 놀라지 마."

그러니까 놀랄 일이라는 거지. 어제에 이어 오늘도. 두 사람이 번갈아가며 내게 왜 이러는데?

그녀는 재앙의 기미와 맞서듯 두 주먹을 꼭 그러쥔 채 기다렸다. 엄마는 거짓말처럼, 하고 운을 뗐다.

늘 그렇듯이 엄마는 격정적이지 않았다. 불과 한두 시간 사이에 엄청난 재난에 직면한 사람이라고는 믿을 수 없게 침착

했다. 그런데도 엄마의 말은 점점 요령부득이 되어갔다. 수천, 수억 마리 하루살이 떼가 귓속에서 붕붕붕붕 날아다니는 것 같았다.

"……듣고 있니?"

린은 고개를 끄덕였다.

"손쓸 틈이 없었어."

엄마가 변명처럼 덧붙였다. 린은 잠자코 있었다. 그 어떤 말도 떠오르지 않았다. 이번에도 눈물은 나지 않았다.

*

첸이 돌아왔다.

"해피 버스데이 투 유."

그가 등 뒤로 감춘 꽃다발과 치즈케이크와 샴페인을 쑥 내밀었다. 축하받을 사람보다 기특한 생각을 해낸 자신이 더 자랑스럽다는 얼굴이었다. 린은 쓴웃음을 지었다.

"이것 때문에 나갔던 거야?"

그녀가 퉁명스럽게 물었다. 첸이 으스대는 표정을 거두었다. 자신이 원하는 반응을 감지하는 레이더 성능은 좋은 편이었다.

"좀 일찍 알려주었더라면 근사근사한 파티를 열어줬을 텐데."

"어떻게?"

"미슐랭 쓰리스타."

그의 아버지는 부자다. 하나뿐인 아들이 여자친구를 위해 긁은 아메리칸 엑스프레스 카드 대금쯤 아무런 제재 없이 지불할 능력도 용의도 있는 슈퍼리치. 더군다나 근면성실로 이룬 부의 평판을 명예롭게 메이크업해준 아들이니 아까울 게 없으리라.

부모의 전폭적인 지지를 받고 자란 자식은 대체로 두 가지 유형으로 성장한다지. 저밖에 모르거나, 저만 모르거나. 말하자면 안하무인이거나, 순진무구이거나. 첸의 경우엔 두 가지가 혼재했다. 타인에 대한 이해력은 바닥이면서 약자를 '고의로' 밟지는 않는다. 한마디로 선량한 왕재수.

"기막힌 레스토랑을 알아."

"그건 첸, 네 혀를 위한 거고."

그가 낯을 붉혔다. 그래, 쉽게 넘어가는 법이 없지, 린. 얼굴에 딱 그렇게 씌어 있었다.

"그럼 원하는 걸 말해봐. 뭐든."

"뭐든?"

"도널드 트럼프를 지지하라는 것만 빼고."

린은 이 정황이 역겨웠다. 이 마당에 이따위 말장난이라니. 내 피는 정말 차가운 걸까? 여태는 엄마를 닮아 '쿨'한 거라고 우겨왔건만 이제는 그조차 민폐가 돼버렸다는 자괴감이 시척지근한 신물처럼 올라왔다.

그녀는 장미꽃과 케이크와 샴페인을 내동댕이치듯 식탁에 내려놓고 대신 배낭을 둘러멨다. 그의 눈동자가 커졌다.

"왓? 왓? 왓? 왜 그래? 왜 그래? 왜 그래?"

같은 단어를 세 번씩 반복한다는 건 그의 참을성이 무너졌다는 신호. 그의 인내와 집중력은 과르네리를 어깨에 얹고 활을 드는 그때서야 오롯이 발현했다. 바람 한 줄기에도 설레며 몸 뒤집는 나뭇잎 한 장, 봄꽃들을 어루만지는 햇살과 공기, 새의 날개를 부러뜨릴 듯 몰아치는 여름밤의 폭풍우…… 그 모든 것들에 그토록 민감하게 조응하면서도 자기 밖의 사물과 세계를 바라보는 눈에는 의심과 두려움이 가득한, 특별하면서도 따분한 존재.

그가 부모의 양 모국에서 성공적인 데뷔 무대를 치를 때까지 감정 소모가 많은 다툼을 피해온 것이야말로 그녀가 그에게 줄 수 있는 애정의 최대치였다. 그런데 스물두 번째 생일 아침, 상처를 줄이며 헤어질 수 있는 최선의 핑계가 서울발로 날아들었지 않은가.

"첸. 오늘 날 위해 몇 시간을 쓸 수 있어?"

"네가 원한다면 하루 종일. 네 생일은 일 년에 한 번뿐이니까."

그가 기대에 찬 얼굴로 돌아와서 허세를 부렸다.

"좋아. 기숙사로 데려다줘."

"뭐야, 어젠 기숙사만 아니면 된다더니?"

"여권이랑 짐 챙겨 곧바로 공항으로 가야 해. 거기까지 데려다줄 거지?"

"뭐? 뭐? 뭐? 말도 안 돼!"

"그럼 택시를 불러줘."

첸의 눈길이 식탁 위를 맴돌았다. 제 성의가 허사가 된 것이 영 아쉬운 모양이었다.

"고마워. 고마운데, 지금 나한텐 도움이 안 돼. 십 분 전이었음 네게 키스를 퍼부었을 거야. 아마도."

"그런데 지금은 왜 아니야?"

그녀는 맹세코 으르렁거리고 싶지 않았다. 마지막일지도 몰랐다. 아니, 마지막일 게 분명했다.

"제발, 첸. 머저리같이 굴지 마. 전혀 해피 버스데이가 아니라고. 어제에 이어 오늘, 나, 두 차례나 폭격을 당했어. 지금은, 아무 말도 하지 싶지 않아."

첸은 점퍼 주머니에 두 손을 푹 찔러 넣은 채 발끝으로 양탄자를 툭툭 찼다. 그녀는 젖은 눈으로 문을 노려보며 속으로 열을 셌다.

아홉, 여덟. 일곱……

'셋'에 첸이 앞장을 섰다.

비밀의 방

"이제 난 과부가 됐어."

약지에 끼고 있던 반지를 잡아 빼며 이령이 말했다. 린과 와인 한 병을 나눠 비우고 난 다음이었다. 마치, 마흔이 됐어, 쉰이 됐어, 곧 육십을 바라보게 됐어, 라고 내뱉을 때처럼 삽상한 말투로.

아니다. 그렇지 않다. 마흔이나 쉰이나 예순을 바라보게 된 여자들이라도 저렇듯 무심한 투로 말하지는 않는다. 역시 엄마는 끝까지 엄마답다. 아빠에게는 안된 일이지만, 남은 자들의 저녁이 순조로웠으면 좋겠다.

린은 새 와인병의 코르크 마개를 뽑으면서 눈으로는 이령의 손등을 더듬었다. 살집이 적어 더 도드라져 보이는 뼈마디와 유난히 불거진 정맥. 그래서 사막에 불끈 솟은 바위산과 열 길 모래 밑을 지나는 푸른 수맥이 연상되는 손. 하여, 강인한 영혼의 소유자라는 결론.

손이 그 사람의 내면을 말해준다는 글을 어디선가 읽은 뒤로 린은 낯선 누군가를 만나면 손부터 눈이 갔다. 손의 생김새와 손톱의 모양새 그리고 손놀림까지 찬찬히 뜯어보는 것이 타인을 인식하는 첫 단계였다.

첸과 시작하게 된 것도 어쩌면 손 때문이었는지 모른다. 아이돌 가수 아무개를 닮아 여성 팬이 많다는 외모는 관심 밖이었다. 하지만 첸의 왼손, 네 손가락 끝마디에 잡힌 굳은살을 보는 순간 마음이 흔들렸다. 거무죽죽하게 살색이 변한 손가락 끝마디에는 수만 시간 바이올린 현을 짚느라 팬 자국이 선명했다. 하여, 적어도 한 가지에는 목숨을 걸 줄 아는 꽤 괜찮은 녀석이라는 결론.

―첸, 알아? 너의 이 부분이 제일 섹시하다는 거?

다시는 그런 말을 속삭일 기회가 오지 않겠지.

린은 입안에 머금은 와인을 목으로 넘기고 나서 한 박자 늦게 이령의 말에 호응했다.

"그치? 난 이제 천애고아가 됐는데."

이령이 와인 잔에 입술을 댄 채 딸의 표정을 살폈다. 설마? 린은 어깨를 으쓱해 보였다. 그녀 또한 이령처럼, 사랑니 하나 뽑은 거 가지고 웬 수선이래, 하는 투로 얼른 덧붙였다.

"알고 있어. 내가 엄마 친딸이 아니라는 거."

여간해서 안색이 달라지지 않는 이령이 당황한 기색을 감추지 못했다. 린이 다시 말했다. 어차피 매듭을 지어야 할 이야기인 것이다.

"아빠가 말 안 했어? 네가 그 모든 사실을 알게 되었다고 엄마한테는 내가 얘기하마…… 분명 그랬었는데."

"그거…… 언제 얘기야?"

이령이 짐짓 태연한 척 물었다.

"아빠가 쓰러지던 날."

"그날……?"

"왜 하필 내 생일날이야? 미처 말할 틈이 없었나? 빤한 축하 코멘트와 함께 날리는 인생 고백이 참 지랄맞더라고."

린의 목소리가 가늘게 떨렸다. 이령도 떨 듯 말 듯 떨리는 손으로 잔을 새로 채웠다. 안정제를 삼키듯 와인을 한 모금씩 넘기며 이령은 그날 저녁을 되짚었다.

*

심이령과 마영후, 두 사람은 한 울타리 안에 두 가구 시스템이 작동하는 생활에 익숙해 있었다. 응당 저녁식사를 함께하는 일도 드물었다. 지난해 여름 린이 뉴욕으로 건너간 이후로 행복한 가족 식탁의 구현에 얽매이지 않게 된 영향도 컸다. 비즈니스인지 로맨스인지 그는 주로 바깥에서 식사를 해결하고 들어왔다. 컨디션을 이유로 들든 작업을 핑계로 대든 그녀는 무산댁이 매끼 날라다 주는 음식으로 적당히 때우는 식이었다.

그러나 그날은 그가 직접 무빙왜건을 앞세우고 문을 두드렸다. 이른 퇴근이 계절에 한두 번 있을까 말까 한 희소한 행사였던지라 정겹지 않으나마 몇 마디 대화가 오갔다.

—초대전 한다며? 준비는 잘돼가?

—(도대체 그 소식은 어디서 들었을까?) 뭐, 그럭저럭.

—너무 무리하는 거 아니야?

—(고양이 쥐 생각? 넌 날더러 고양이라고 말하지만.) 내가 무리

하는지 농땡이를 치는지 당신이 어떻게 알고?

—그럼 내가 알지 누가 알아? 심이령 없는 마영후는 말이 안 되지.

—마영후 없는 심이령. 난 말이 되는데? 그런 날이 언제 올까? 기다려지네.

그는 자신과는 아무 상관 없는 갤러리의 실소유주와 관장과 큐레이터의 관계에 대해서도 물었다. 궁금해서라기보다 사업가적 습벽이었거나, 단순히 대화를 이어가기 위해서였거나. 이령의 무성의한 대답에도 그는 바삐 물러갈 생각이 없는 듯했다.

—같이 한잔, 어때?

마침내 그가 와인병을 눈높이로 들어 올리며 멋쩍게 웃었다.

—샤토 무통 로칠드, 빈티지 1994……라?

뭔가 꿍꿍이가 있다는 뜻이었다. 그녀는 모욕감을 느꼈다. 이 뻔뻔한 작자는 혼자가 아니었다. 그는 그녀의 신성한 구역에 두 사람을 더 달고 왔다. 린과 소정……을. 1994년은 소정이 떠나고, 린이 온 해였다. 그날은 마침 린의 생일이었으므로 아무리 떼어내려 해도 소정의 부활을 막지 못했으리라.

이령은 모처럼의 방문에 마음이 풀린 자신이 한심했다. 그녀는 단호하게 그들 셋을 내쫓았다.

—저리 가. 당신이 유례없는 철면피라고 해도 적어도 이런 날은 날 건드리는 게 아니야.

—아니, 내 말 좀…….

—꺼지라고, 당장!

그는 잠시 난감한 얼굴로 버티다가 그녀가 물감 나이프를 집어 들자 어이쿠, 하며 물러갔다.

그리고 몇 시간 후, 그는 이 지상에서 영구히 물러갔다.

쿵쿵쿵 발소리를 내며 뛰어든 무산댁의 전갈, 119 구급차의 사이렌, 구급대원의 급박한 움직임, 급성심근경색, 심장마비, 골든타임오버……가 그의 최후의 시나리오였다. 거짓말처럼, 순식간에, 그의 세계와 그녀의 세계에 철통같은 차단막이 내려졌다.

이틀 후 그는 섭씨 1,000도의 불 속으로 사라졌다.

*

"결국 유언이 된 셈이네. 내가 반쪽 자식이라는 게."

린이 사소한 불만거리를 털어놓듯 가볍게 이죽거렸다.

이령은 채 꺼지지 못한 불씨가 새로이 일렁이지 못하도록 마음을 다잡았다. 그러자니 말투가 살짝 비틀렸다.

"그래? 다행이다, 아빠가 직접 네게 알려줘서. 내 짐은 덜었다."

이령의 홀홀한 표정이 이번에는 린의 내밀한 곳을 건드렸다. 반신반의, 충격, 부인, 미움, 원망 등속을 꾹꾹 욱여넣고 봉합한 부위가 맹렬히 부풀었다. 때로는 진실이 흉기가 되기도 한다. 그럼에도, 그럴수록, 구린내 나는 밑창을 들추어내고 싶은 것이 인간이다.

"만약에 말인데……."

"나 가정법 싫어해. 알잖니?"

"이건 가정법을 가장한 현실적인 질문이야. 내가 아무것도 모른 채 엄마랑 둘이 남게 되었으면 어떻게 했을 것 같으냐고."

"가정법이긴 마찬가지야."

린은 이령의 말투를 흉내 냈다.

"얘, 사실은 말이다, 넌 내 친딸이 아니란다. 그러니까 우리 서로 볼 일이 없게 생겼다. 이제 각자 갈 길 가는 거다, 아듀……?"

이령이 린을 빤히 쳐다보다가 되물었다.

"아마…… 그렇게 말했을 수도 있겠네. 그랬음 넌 어쨌을 것 같은데?"

"어쩌긴, 찢어져야지. 그동안 천방지축 고약한 딸을 인내해 주셔서 감사합니다. 그런 다음……."

이령은 그새 바닥을 보이는 잔에 다시 와인을 따른 뒤 병을 흔들어 보였다. 린은 고개를 저었다.

난 엄마처럼 술에 기대고 싶지 않아. 술에 덜미를 잡히면 무슨 짓을 할지 모른다는 걸 잘 아니까. 첸과의 시작도 그랬으니까. 지금은 숨숨하게 봉합된 부위가 터져 악취 풍기는 고름을 꾸역꾸역 쏟아내게 될까 무섭다고.

"좋아. 그런 다음?"

"그런 다음에……."

나는 어디에서 왔을까, 나를 배고 나를 버린 여자는 어떤 여자일까…… 그런 생각으로 뭇 밤을 설치게 되겠지.

린은 그 말을 입 밖에 내지 않았다. 입 밖에 내는 순간 이미 조금씩 균열이 가고 있는 빙하의 표면이 쩍, 깊은 아가리를 벌려 자신을 집어삼킬 것만 같았기 때문이었다.

"그냥 살아지겠지. 숨만 쉬면 되니까."

린이 물 밖으로 끌려 나온 물고기처럼 입을 뻐끔거렸다. 절
망의 기포가 몽글몽글 떠오르는 것 같았다. 이령은 기어이 그
때에 이르렀다고 생각했다.

"넌 그런 말이 어울리는 애가 아니야. 너란 애, 원하는 것은
어떻게든 해내고, 원하지 않는 것이면 아무 미련이 없지. 달리
듣지 마. 욕심이 많다는 뜻이 아니고, 욕심이 없다는 뜻도 아니
고, 그게 자연스러운 네 모습이라는 거니까. 가자. 네게 보여줄
게 있어."

그러고도 그녀는 아득한 눈빛으로 와인 잔을 빙글빙글 돌릴
뿐이었다. 장례를 치르고 삼우제를 지내기까지 이랬다 말았다
고민고민한 끝에 그녀가 내린 결론이었지만, 정작 그 시간이
닥치자 자신의 결정이 올바른 것일지 또다시 망설여졌다.

"왜, 아빠가 내 앞으로 엄청난 유산이라도 남겼대?"

"그런 걸 기대했댔어? 그런데 애, 그런 게 나왔다면 몰래 가
로채야지. 계모의 권리를 얕잡아 봤구나, 너?"

"나쁜 엄마!"

"배은망덕한 것 같으니라구!"

린이 웃었다. 이령도 마주 웃었다. 서로가, 위태로운 농담 속에 몇 분의 일쯤 살벌한 진심이 녹아 있기라도 할까, 적이 겁을 내면서.

드디어 이령이 안락의자에서 몸을 일으켰다. 익숙하게 두 개의 목발에 체중을 옮겨 싣는 이령을 린은 묵묵히 지켜보았다.

톡. 톡. 톡.

귀에 익은 목발 소리가 린으로 하여금 새삼스레 집으로 돌아왔다는 사실을 환기시켰다. 조만간 영원히 떠나게 될지도 모를 집이었다.

*

이령은 이 집에서 가장 넓은 구역을 차지하고 있었다. 그녀의 생활공간은 방이라기보다 집 속의 집, 내부로 들인 별채나 다름없었다. 화실과 서재와 응접실을 겸한 넓은 스튜디오 안쪽으로 그녀만의 침실과 다용도실이 이어진 구조였다.

그녀는 하루의 대부분을 이곳에서 지냈다. 방문이 허락된 그녀의 오래된 지기들 중 몇몇은 그녀만의 독립된 영토에 경탄하는 부주의를 저지르곤 했다. 그럴 때마다 그녀는 차갑게 응수했다.

　―여긴 폐궁이야. 구중궁궐도, 술탄의 하렘도 아니라고.

　사실이었다. 이령은 폐궁의 군주였다. 고독과 적막은 그녀의 가장 믿을 만한 도반이자 자객이었다. 그녀는 한밤중에 자주 잠을 깼다.

　사각 사각 사각…….

　제 기능을 다하지 못하는 두 다리를 쓸어안고 귀를 세우면 형체 없는 어둠이 사각 사각 사각 시간의 뒤꿈치를 갉는 소리가 들려왔다. 소리는 암흑의 밤이 물러나면서 묵직한 암막 커튼의 비좁은 틈새로 푸르스름한 새벽빛이 비집고 들 무렵이 돼서야 수증기처럼 사라졌다. 부석부석해진 그녀 앞에 일용할 권태를 던져놓은 채.

　린은 풍랑에 휩쓸린 난파선처럼 기우뚱거리는 이령을 뒤따라 그녀의 스튜디오로 들어섰다. 귀국한 뒤로 첫걸음이었다. 며칠 동안 직계 유족으로서 영안실과 화장장을 지키느라 집에서 보낸 자투리 대여섯 시간으로는 이 공간을 다녀갈 여유도 경황도 없었다.

이령은 크로키 상태인 캔버스와 튜브물감과 팔레트와 붓통들을 거들떠보지도 않은 채 실내용 휠체어에 털썩 주저앉았다. 린은 확실히 부실해진 이령의 육체와 요 며칠 새 더욱 거뭇해진 그녀의 눈언저리가 안타까웠다. 린은 그녀를 베고 싶지 않았다. 아직까지는 누가 뭐래도 사랑하는 나의 엄마는 심이령, 그녀였다. 주홍글씨를 단 낯모르는 여인이 아니었다. 린은 그 속내만은 지켜내고 싶었다.

"저기."

이령이 정물용 소품을 올려둔 원탁을 가리켰다. 나무 재질의 화구박스가 눈에 들어왔다. 린이 멈칫멈칫 다가서며 팔을 뻗었다.

"이거? 열어봐?"

단지 화구박스에 손끝이 스쳤을 뿐인데도, 린은 어렴풋하면서도 불길한 예감에 휩싸였다. 맨손으로 불덩이를 움켜잡는 기분이었다. 그러자 하필 불구덩이 속으로 사라진 아빠가 떠올랐다.

섭씨 1,000도의 뜨거움이란 얼마나 뜨거운 뜨거움일까.

린은 화구박스에 손을 올려놓은 채 이령을 돌아보았다. 이령은 창문 쪽으로 바퀴를 굴려가 손가락 한 마디 정도 벌어진 자줏빛 암막 커튼을 꼼꼼하게 여미고 있었다. 안을 기웃거릴 만한 달빛도, 바람의 정령도 없는 이슥한 그믐밤이었다.

타임캡슐—울음의 기원

   메스를 든 외과의처럼 미지의 과거를 개복하려는 자의 두려움 때문이었을까. 린은 떨리는 손으로 화구박스 덮개를 젖혔다. 동시에 쨍한 기운이 온몸을 관통하면서 그녀의 탄성을 불러냈다.

   "아!"

   오랜 은거를 마치고 불려나온 부장품은 양귀비꽃빛 머플러……였다. 아찔한 주홍빛이 솜씨 좋은 투망처럼 피할 틈 없이 그녀의 의식을 옭아맸다. 그녀는 그 얇고 보드라운 섬유를 선뜻 집어 올리지 못했다.

   "내가 아주 어렸을 때…… 아주아주 꼬맹이였을 때……."

린은 말을 잇지 못했다. 시간의 순서를 훌쩍 뛰어넘는 기억의 순발력에 그저 멍할 뿐이었다.

"잊지 않았네."

이령은 린이 보인 즉각적인 반향이 무서웠고, 아팠다. 동통의 뿌리는 배신감이었다.

린은 가까스로 용기를 내었다. 홀린 듯 머플러를 집어 바로 코로 가져갔다. 눈이 저절로 감겼다.

이 빛깔, 이 냄새, 이 감촉…….

눈과 코와 손끝에 아로새겨진 기억의 조건반사로 두툼한 시간의 봉인이 단번에 북 찢겨나갔다. 옛일이 한시도 잊힐 리 없는 안광(眼光)처럼 선명한 복각(復刻)으로 도드라졌다.

린은 부지불식간 눈앞에 떠오른 자신의 어린 날로 돌아갔다.

특별히 나쁜 일은 일어나지 않았다. 대체로 평범한 날들이었다. 아이도 별다른 말썽을 부리지 않았다. 원하는 동화책을 얼마든지 읽을 수 있었고, 서랍 한 칸을 채우고도 남을 만큼 다종다양한 액세서리를 갖출 수 있었다. 좀 더 자라서는 원하는 시디와, 색상과 디자인이 다른 스니커즈와, 해외 브랜드의 스키

니진을 얼마든지 구입할 수 있었다. 부자유한 엄마를 대신해 머리를 땋아주고 더러워진 원피스를 갈아입혀주는 손길이 상시 가까이 있었다. 아쉬울 것이 없었다.

늘 밖으로 도는 아빠는 때때마다 최신 엠피스리와 태블릿과 아이폰과 용돈으로 부재를 보상해주었다. 하루에 두 번, 학교에 갈 때와 다녀왔을 때 외에는 별로 마주칠 일 없는 엄마는 무한한 자유를 보장해주었다. 심지어 중학교 삼학년 때던가, 아빠의 서재에서 시가를 훔쳐 피우다 걸렸을 때에도 못 본 체 넘어가주었다. 친구들의 엄마들은 시시콜콜 자식의 나침반이 되고 싶어 했다. 아이는 친구들의 부러움을 샀다.

린의 회상은 롱테이크 필름처럼 유장히 이어지는 시간의 강을 빠르게 거슬러 올랐다.

어느 강기슭에서, 적요한 오후 풋잠에서 깨어 울어야 할지 말아야 할지 주위를 두리번거리는 아이를 보았다. 유아용 식탁의자에서 '잠자는 숲 속의 미녀'가 그려진 식판을 내려다보는 아이를, 식판에 담겨 나온 간식에 불만을 품고 푹 삶은 당근과 브로콜리 따위를 포크스푼으로 콕콕 찔러대는 아이를, 보았다. 침대 모서리에 걸터앉아 두 다리를 번갈아 흔들어대며 누군가

와주기를 기다리고 있는 아이를 보았다.

아아. 그때마다 아이는 누가 뺏을세라 한쪽 손아귀에 주홍빛 머플러를 꼭 움켜쥐고 있거나, 작은 손가락에 돌돌 감은 머플러 끝자락을 입에 넣고 빨아대고 있었다.

"이게 있어야 잠이 왔어."

린이 머플러 자락을 손바닥으로 쓸어내리며 말했다.

"그랬어. 침이랑 얼룩이 잔뜩 묻어 세탁하느라 잠시 치워놓으면 넌 잠을 안 자고 밤새 칭얼댔었어."

"안 잔 게 아니라 못 잔 거지. 내 자장가였고, 내 유모였고, 나를 지켜주는 부적이었던 거야."

복원의 의지에 압도되어 부지중 내뱉은 린의 언설이 칼이 되었다. 이령은 가슴 한쪽을 쓰윽 베였다. 아무리 서로 손사래 치며 부정해도, 어느덧 한쪽은 서운해질 수밖에 없고, 다른 한쪽은 배반을 감각할 수밖에 없게 된 구도. 이령은 사무치게 쓸쓸했다.

그녀는 린이 처음 이 집에 오던 날을 또렷이 기억했다. 강보에 싸인 젖먹이의 가느다란 손목에는 특이하게도 인식표처럼 붉은 나비리본이 매여져 있었다. 마영후의 팔뚝 하나가 될까 말까 한 아이의 몸에 비해 터무니없이 긴 실크머플러는 탯줄을 감아놓은 것처럼 섬뜩했다. 옴짝달싹할 수 없는 숙명의 결박이 었다.

아직 목을 가누지 못하는 갓난아기를 그녀도 어떻게 다루어야 할지, 어떻게 대해야 할지 몰랐다. 마른하늘에 날벼락이었다. 핏덩이나 다름없는 아이를 되돌려 보낼 만큼 모질지 못했다. 변호사를 사서 우스꽝스러운 결별의 절차를 밟는 것보다 아이의 운명을 받아들이는 편이 간단명료하다는 결론에 이르렀다. 주위의 반응은 대략 두 부류로 갈렸다.

용기가 대단해. 난 못 해. 혹은, 너 미쳤구나.

"드물긴 하지만, 유난히 노을 붉은 날 문득문득 허전한 기분이 들 때가 있어. 뭔가 손이 허전한 거야. 뭐지? 뭐지? 딱 답이 없는 그런 기분. 울고 싶은데 딱히 울음의 까닭을 모르겠는 그런 기분."

린이 머플러를 목에 두르며 상기된 목소리로 말했다.

"이제 알겠어. 바로 이거였어."

린은 자신의 첫 기억에서 쉽게 빠져나오지 못했다. 그러느라 이령이 입술을 실그러뜨리며 무엇인가를 노려보고 있다는 사실을 알아채지 못했다.

"울음의 기원을 발견했네. 축하해."

이령이 팔짱을 끼며 빈정거렸다. 스스로도 예측하지 못했던 공격성이었던지 그녀가 흠칫 놀라며 린을 올려다보았다. 린은 그제야 크레바스의 간극이 조금씩 벌어지고 있음을 눈치챘다. 단 며칠 사이에 서로의 입장이 양극을 향해 치달을 수도 있게 된 정황이 비로소 무시무시한 막막함으로 다가왔다.

*

지나간 시간의 부장품은 그뿐이 아니었다.

이령이 한결 복잡해진 눈빛으로 다용도실 쪽을 가리켰다. 검정색 천을 씌운 액자 한 점이 석고보드 가벽에 기대 세워져 있었다. 린은 첫 번째 것보다 좀 더 강도 센 자극이 기다리고 있음을 직감했다. 엎어지는 마음과 뒷걸음질 치는 마음이 가슴 한복판에서 맞부딪치면서 쟁강쟁강 소리를 냈다.

린은 등 뒤의 이령을 의식하며 느릿느릿 손을 놀렸다. 겹겹으로 두른 노끈의 매듭을 풀자 검은 모포가 스르르 마룻바닥으로 흘러내렸다. 30호 안팎의 누드 드로잉이 드러났다. 사인도 날짜도 없다는 점이 의아했지만 이령의 선과 색이 분명했다. 이령은 인물을 그릴 때 특히 면보다 선을 강조하는 드로잉 기법을 선호했다. 색은 최소한으로 제한했다.

린은 그림 속 젊은 여인을 뚫어져라 바라보았다.

비스듬히 돌아앉아 허리를 비튼 자세로 정면을 응시하고 있는, 실오라기 하나 걸치지 않은 여인. 봉숭아꽃물빛으로 부분 채색된 자그마한 젖가슴과 청보랏빛 유두. 뾰족한 턱과 하얀 뺨과 동그랗고 미끈한 어깨. 앙상한 무릎에 아무렇게나 놓인 푸른 손……

그 어디에도 주홍글씨의 기미는 보이지 않았다. 다만 졸린 듯한 눈매와 완숙기 전 소녀에 가까운 몸의 곡선이 호소하는 관능은, 부인할 수 없게 고혹적이었다.

첫새벽 같은 청신한 관능.

그것은 이령의 여인 누드에서 빈번히 등장하는 주제이자, 그녀가 동경하는 육체의 이상향이었다.

인력(引力)과 척력(斥力), 당겨오는 힘과 밀어내는 힘. 팽팽한 긴장의 접전 속에서도 린은 그림 속 여인에게 거부할 수 없는 동질성을 느꼈다. 마치 거울 속 자신과 마주하고 있는 듯 당혹스러운 동화(同化).

비로소 모든 것이 명확해졌다. 무수한 의혹의 심지마다 불이 환히 켜지고 그만큼 웅숭깊은 그림자가 졌다. 그랬다. 거부할 수 없는 혐오, 거부할 수 없는 연민, 거부할 수 없는 이끌림……이었다. 등 뒤에서 지켜보고 있는 이령이 아니라면 여인을 향해 통곡이라도 하고 싶은, 통렬하고도 총체적인 비감(悲感)이었다.

"이 여자……야?"

린이 등을 보인 채 물었다. 차마 이령의 얼굴을 똑바로 쳐다볼 자신이 없었다. 머리로는 자신의 몫이 아니라고 강변하지만 어느새 가슴을 잠식하고 만 죄책감을 떨쳐버리기 힘들었다.

"알아보겠어?"

"그러게. 알아봐……지네."

"널 낳아준 사람이야."

"이름……은?"

"유, 소, 정."

이령이 또박또박 누드 여인의 이름을 댔다.

"유, 소, 정……."

이 어린 여자가 나, 마린의 기원이란 말이지?

린은 그림 속 여인의 나이를 가늠해보았다. 스물? 열아홉? 열일곱이나 열여섯? 도무지 종잡을 수 없었다. 실제의 나이와는 다르게 그려졌을 가능성도 간과할 수 없으리. 이령이 린의 심중을 짚었다.

"딱 너만 할 때야. 스물하나, 꽃 같은 나이."

"스물하나……."

"스물둘에 널 낳았고."

"스물둘…… 겨우 스물둘이었단 말이네."

린은 이령을 향해 돌아섰다. 회피할 수 없는 질문이, 들어야 할 대답이 남아 있었다. 수치와 모멸에 포박되더라도, 철철 피고름이 흐르더라도, 혐오와 연민과 이끌림의 속살을 파헤쳐야 했다.

"근데 이 여자가 왜 여기 있지? 왜 엄마 그림 속에 있냐고?"

이령은 대답 대신 깊은 한숨을 쉬었다. 그녀로서도 건너야 할 강이었다. 이 시간이 오리라 알고 있었고, 기다리고 있었다. 그녀는 강의 중심, 물결 사나운 소용돌이로 힘껏 운명의 노를 저었다.

"그 얘기는 아빠가 안 하던?"

"말 안 했어. 치사하게 자기변명만 잔뜩 늘어놓았어. 너도 누군가를 사랑하게 되면 이 아빠를 이해하게 될 거다, 그 따위 우습지도 않은 말. 그래서 웃기는 말."

"전매특허지, 네 아빠의. 네게도 그랬다니 웃기네. 아니, 우습지도 않네."

"말해줘. 내가 알아야 하는 얘기, 빼놓지 말고 다. 어쩌면 엄마에겐 상처일지도 모르는데, 엄마가 다시는 입 밖에 꺼내고 싶지 않은 이야기일지도 모르는데, 그래서 내가 너무너무 미안한데…… 그래도 제발 말해줘. 내가 어떻게 시작되었고, 내가 어디에서 왔고, 내가 무엇을 해야 하는지 알고 싶어. 유소정이 누구인지 나도 알아야 하잖아."

린의 얼굴에 열꽃이 번졌다. 내처 바닥에 주저앉으며 이령의 무릎에 얼굴을 파묻었다. 이렇게 가깝게 몸이 닿아본 게 얼마만인가. 이령의 겨울나무 가지처럼 야위고 딱딱한 뼈마디가 린의 심연에 닿았다.

미안해, 엄마. 미안해, 엄마. 한 번도 사랑해 엄마, 라고 말해

주지 못해서 미안해. 이럴 줄 알았으면 미리미리 해둘걸. 엄마
랑 눈이 마주칠 때마다 사랑해, 그럴걸. 미안해. 너무 늦게 알아
서 미안해, 엄마.

이령은 그저 가만가만 딸의 머리카락을 쓰다듬었다. 그리고
딸의 심연을 갈퀴질하는 회오리바람이 가라앉기를 기다리며
소리 없이 읊조렸다.

네 잘못이 아니야. 누가 뭐래든 넌 내 딸이고. 너도 그 사실을
기쁘게 받아들였으면 좋겠고.

너의 시작은 나일지도 몰라. 돌이켜보면 그래. 내가 누드모
델을 추천해달라고 대학에 있는 교수 동창에게 부탁하지 않았
으면 소정이, 내게 오지 않았을 테니. 네 아빠랑 부딪치지 않았
을 테고.

언젠가 네가 내게 물었던 적이 있어. 엄마는 도대체 어디서
아빠를 만난 거냐고. 네가 아빠한테 불만이 많았던 때였을 거
야. 내 대답은 이랬지.

—미안하다, 린. 사람은 일생에 딱 한 번 치명적인 실수를 하
게끔 예정되어 있단다.

네가 픽 웃더라. 그러곤 내 머리에 손을 얹고 엄숙하게 선언하더라.

　─만약에 두 사람이 헤어지면 난 엄마 따라갈래.

　기억하니? 난 기억하는데.

　네 아빠와 나? 교회에서 만났어. 고등학교, 그것도 입시를 앞둔 삼학년 수험생 시절. 웃기지? 지금은 성경책 한 장 펴들어보지 않는 나와 쉴 새 없이 여자들 꽁무니를 쫓아다녔던 네 아빠, 한때는 교회 죽순이 죽돌이였다는 거.

　이래 봬도 우린 첫사랑이야. 평생 셀 수도 없이 많은 거짓말을 달고 산 네 아빠지만, 그래도 첫사랑이 나라는 말만큼은 진실이야. 그렇게 믿고 싶은 게 아니고, 믿어져. 평생 둘러댄 거짓말로 만리장성을 쌓을 수 있을지라도 평생 내 곁에 머문 것도 사실이니까. 네 아빠는 첫 약속을 지켰어. 첫 입맞춤 뒤에 했던 말을.

　─난 죽을 때까지 너를 지킬 거야. 누구에게도 안 뺏길 거야. 나만 바라볼 수 있게 꽁꽁 숨겨둘 거야.

　내가 새벽예배를 다녀오다 사고를 당하고 병원에서 꼬박 일년을 누워 있었을 때도, 재활 치료를 하느라 미국에 가서 몇 개월을 보내고 왔을 때도, 겨우 목발을 짚고 두 발을 옮기게 되었을 때도…… 내가 면사포 쓰는 걸 보고 싶다고 우겼던 사람이지, 네 아빠.

너의 외할아버지는 딱 그 고집 하나만 봤대. 양반 행세나 할 줄 아는 사돈네 밑 빠진 뒤주 같은 거, 후계자로 삼을 만한 사업가적 머리 회전 그런 거, 모른대. 자기 느티나무는 심이령이어야 한다는 마영후의 얼토당토않는 신념, 딱 그거 하나.

첫 약속으로 네 아빠 발목에 올무를 쥔 사람은, 그러니까 나야. 내 일생에 딱 한 번 치명적인 실수는 네 아빠를 선택한 게 아니고, 네 아빠에게 올무를 놓은 나의 이기심.

사랑의 내막은 아무도 모르게 돼 있어. …… 아무도.

달리는 남자

매직 아워, 마법의 시간.

은탁은 여느 때처럼 같은 시각에 달리기에 나섰다. 저만치 여자가 나붓나붓 둑길을 걷고 있다. 길섶에는 노란 민들레와 애기 손톱만 한 남빛 봄까치풀이 총총하다.

마린이라고 했던가. 이름을 듣는 순간 푸른 바다가 떠올랐다. 삼월의 탄생석 아쿠아마린, 맑고 투명한 물빛 하늘과 함께.

마린…….

그런 이름은 흔치 않다. 저처럼 붉은 스카프로, 저렇듯 무심하게 목을 휘감고 있는 여자도 흔치 않다. 저토록 묘하게 타인

의 주의를 끄는 섬세함과 강렬함의 조화를 쉽사리 외면할 이도
흔치 않을 것이다.

여자는 어려 보인다. 기껏해야 스물하나나 스물둘. 어쩌면
그보다 아래일 수도 있겠다. 그러니 여자라기보다 앳된 숙녀라
불러 마땅하리.

*

도착하던 날 부령제과 앞에서 그와 헤어진 여자는 두 시간이
훌쩍 지나고서야 나무물고기에 모습을 나타냈다. 그때까지 은
탁은 주차장을 벗어나지 못하고 수시로 한길 쪽을 돌아봤었다.
그는 여자가 시야에 들어오자 비로소 전정가위를 내려놓고 목
장갑을 벗어 던졌다.

―어때요, 다녀볼 만하던가요?

―자랑하실 만해요.

그가 여자에게 생수병을 건넸다. 여자가 밝은 웃음으로 답례
하고는 생수로 목을 축였다. 여자가 목을 젖힐 때 쇄골 사이로
땀 한 방울이 가슴골로 또르르 굴러 내렸다.

하얀 원피스 밖으로 드러난 여자의 팔과 종아리는 가늘고 곧

왔다. 여자는 잘 마른 들꽃다발 같았다. 들길 바닷길을 꽤나 에돌아다녔는지 흰 운동화는 개흙과 흙먼지로 지저분했다. 햇빛에 그대로 내놓은 얼굴은 엷게 달아올랐다. 두어 시간 전에 비해 한결 누그러진 표정이어서 괜스레 그의 마음이 놓였다.

은탁은 그녀가 보는 앞에서 지프에 실어둔 짐들을 끄집어 내렸다. 그가 트렁크와 나머지 짐들을 방까지 옮겨다 주겠다고 만류했지만 그녀는 굳이 액자만큼은 제 손으로 나르겠다고 우겼다. 게스트하우스에 액자를 들고 오는 사례는 전무후무할 것이어서 커뮤니티 홀에 있던 다른 이용객과 스태프들의 구경거리가 되었다.

그녀는 나무물고기의 하나뿐인 2인실에 들었다. 그 방에서는 남향과 서향으로 낸 두 개의 창으로 탁 트인 바다와 대숲 우거진 절벽을 동시에 조망할 수 있다. 그녀는 방으로 들어서자마자 침대에 액자를 내려놓고는 발코니 쪽으로 다가갔다.

—우와.

그녀가 손바닥으로 달아오른 뺨을 감싸며 탄성을 질렀다. 그 방에 처음으로 들어서는 사람이라면 으레 보이는 반응이기도

했다.

4인실과 6인실 도미토리 시스템으로 운영되는 게스트하우스에서 2인실을 찾는 고객은 둘만의 공간이 필요한 커플들이다. 간혹 오붓한 걸 좋아하는 여여(女女) 커플도 있다. 은탁은 섣불리 2인실을 내어주지 않았다. 그 방에 어울리는 사람이 따로 있다고 믿어서였다. 나무물고기 전체 분위기를 고려한 측면도 있지만, 그가 그 방을 유별스레 아끼는 까닭이 더 컸다. 대실 기준은 주관적이고 즉흥적이라 그때그때 달라진다. 비록 그 방에 어울리는 사람을 매번 정확히 가려내지는 못했어도.

—트윈룸으로 하고 싶어요.

예약 통화를 할 때 은탁은 잠깐 망설였었다. 또박또박 요구하는 상대편의 말투가 당돌하게 들렸기 때문이다.

—두 분이세요?

—네. 엄마랑요.

은탁은 당연하다는 듯 돌아온 그 대답이 마음에 들었다. 모녀간이라니, 더없이 바람직한 조합이었다. 예약이 이루어지고 제날짜에 맞춰 그녀가 혼자 나타났을 때 그가 당황할 수밖에 없었던 이유였기도 하다. 호스트 쪽에서건 게스트 쪽에서건,

여행지에서 예기치 않은 변수는 언제든지 생기게 마련이다. 당혹감에 더해진 꺼림칙함을 덜기 위해 그는 키를 넘겨주면서 하지 않아도 좋을 말을 덧붙였다.

—일몰을 놓치지 마세요.

*

마린은 은탁이나 스태프와 마주칠 때마다 방이 무척 마음에 든다는 말을 아끼지 않았다.

—상상, 그 이상이에요.

그러더니 이틀째 되는 날 벌써, 그녀는 며칠간 더 머무르고 싶다며 일주일치 대실료를 선납해버렸다. 도합 열흘. 그녀를 곁눈질하는 것만으로도 생기가 도는 스태프들이 입을 헤벌리며 즐거워한 건 두말할 것도 없었다.

은탁은 그녀의 체류 연장이 반가우면서도 한편으로는 부담스러웠다. 길게 눌러 앉아 쉴 작정이라면 게스트하우스의 2인실보다 읍내 오피스텔이나 민박이 나을 텐데, 하는 오지랖 넓은 걱정과는 다른 차원의 불편함. 그는 자신의 불편함을 애써 덮었다. 어느새 그는 그녀의 기척에 촉각이 곤두서 있었다.

린은 별다른 일을 하지 않고 지냈다. 방에 틀어박혀 있거나, 방에서 나와 밖을 돌아다니더라도 홀로 걷거나, 그뿐이었다. 그다지 무료해하는 것 같지도 않았다. 커뮤니티 홀이나 카페에는 도미토리 이용객들이 없을 때만 잠깐씩 나타났다. 그녀는 바에 앉아 커피나 기네스맥주를 주로 마셨다.

그녀도 부령제과의 크루아상과 스콘과 치즈케이크를 무척 좋아했다. 가끔씩, 십 분은 걸어 나가야 있는 마을 음식점에서 식사를 하고 돌아오는 때를 제외하고는 오전 오후 두 끼니를 거의 커피와 크루아상, 맥주와 바게트로 때웠다. 바에 앉아 있는 그녀의 뒷모습은 숱한 어림짐작을 양산했다. 다친 운호 대신 이른 아침마다 빵을 가져다주는 수연마저도 린의 존재에 신경을 썼다.

―그 여잔지 여자앤지, 아직 안 갔다며? 설마 이상한 생각을 하고 내려온 건 아닐 테지? 하 수상한 세상이라.

―네가 생각하고 있는 그 생각이 이상하다고는 생각 안 해봤어?

―왜, 예쁘고 어리고 날씬한 여자는 세상사 자신만만해서 이상한 생각 따위 품을 것 같지 않다고?

—안 가? 운호도 없는데 가게 비워둬도 돼?

—이거 걱정 아닌 듯. 등 떠미는 거임?

—부령제과 빵은 항상 문제가 없는데 그 집 식구들은 주기적으로 맛이 가더라. 부령반점 때부터. 터가 문젠가?

—흐흐흐…… 터가 쎄긴 쎄지요. 하긴 이상한 생각 품기엔 짐 보따리가 너무 거창하더라. 그래도 방심하지 마시라고. 별의별 기상천외한 사건이 밥 먹듯 일어나는 세월이라. 그리고, 오라버니 자신도 너무 믿지 마시라고. 마흔, 불혹에 들었다고 다 흔들리지 않는 건 아니니까.

—언젠 흔들리지 않아 인간미가 없다며?

—인간미 없는 서은탁이 나아, 이젠.

수연은 나무물고기 공기가 달라졌다는 둥, 스태프들 동선이 산만해졌다는 둥, 실없는 소리를 잔뜩 늘어놓으며 아래위층을 흘끔거리다 돌아갔다. 남의 일에 별 관심이 없다더니, 은탁은 수연의 다른 면모가 새로웠다.

어쨌거나 린은 나무물고기의 분위기를 바꾸어놓았다.

수다하지 않은 침묵으로 공간의 중심이 되는 법을 어디서 익혔을까. 저 이른 나이에 어떻게 홀로 흔들리지 않는 수를 터득

했을까.

*

　만(灣) 저편 반도 쪽에서 불어오는 저녁 바람이 제법 칼칼하다. 일교차가 커 가벼운 낮 차림으로 나서긴 무리인 때다. 린도 몸단속을 하고 나온 모양이다. 목을 휘감은 스카프 자락이 바람에 펄럭인다. 일몰의 해처럼 붉은 꽃빛 탓이려나. 해안 절벽에 외따로 뿌리 내린 양귀비 한 줄기, 변덕스러운 해풍에 목 꺾인 채 마구 태질당하고 있는 것 같은 착시를 불러일으킨다.

　은탁은 바다를 끼고 달리면서 생각했다. 이 착시 현상은 자신의 선험적 기억이 가공한 이미지일 수도 있다고. 헛되고도 헛된 망념일 수 있다고.

　과연 린은 첫눈에 자신이 전율로써 환기한 그 무엇과 어떤 유사성을 가지고 있을까. 그녀는 과연 잊을 수도, 잊지 않을 수도 없어 얼결에 석관으로 덮어버린 기억 속 저 서늘한 존재의 환영일까. 그 존재의 무게에 준하는 다른 어떤 존재일까. 저 위험하면서도 낯설지 않은 매혹은 어떤 이미지의 변주인가. 혹은 현전하는 이미지인가.

은탁은 계속 앞으로 나아갔다. 균일한 속도와 일정한 보폭은 몸에 밴 것이어서 쉽사리 허물어지지 않는다. 그는 세 번째 왕복이고, 그녀와 여섯 번 엇갈렸다. 그가 방조제 끝 안전 수칙 경고판을 세 번째 되돌아 나올 때까지 그녀는 겨우 반환점에 접근했을 뿐이다.

그는 그녀의 등을 보며 거리를 좁혀가다가 어느 시점에 그녀를 앞질렀다. 돌아 나오는 길에는 그녀의 정면을 향해 가까워졌다가 아무렇지도 않은 척 그녀의 곁을 지나쳤다. 무려 여섯 번을 스쳐 지났는데도 그녀는 그를 알아보지 못했다. 비단 오늘뿐이 아니다. 어제도 그랬고 그제도 그랬다.

달릴 때 평소와는 차림새가 달라 그를 알아보지 못하고 지나치는 경우가 간혹 있긴 하다. 그는 지난 장날 읍내에서 악수를 나누기까지 한 이가 오늘 챙 모자 푹 눌러쓴 자신을 알아보지 못하기도 한다는 사실을 은근히 즐긴다.

하나 린은 이레째 나무물고기에 머무르는 투숙객이다. 평일 비성수기의 게스트하우스에서 그만하면 장기 투숙에 해당한다. 반바지와 민소매 셔츠와 고글을 착용한 데다, 채신없이 두 팔을 허우적거리는 아마추어 러너에 일점 관심이 없는 걸까.

그녀는 누가 다가오든 멀어지든 아랑곳없이 줄곧 왼쪽으로 펼쳐진 갯벌만을 바라보며 걸었다. 그렇더라도, 밀물과 썰물처럼 다가왔다 멀어지는 어떤 이동하는 물체가 실은 나무물고기에서 하루에도 몇 잔씩 커피를 내려주는 인물과 동일하다는 사실을 깨닫지 못한다는 건 불가사의다.

그녀의 의도적 안면인식장애 증상을 존중하는 차원에서, 그녀의 보행과 시야를 방해하지 않으려는 배려에서, 은탁은 방조제 안쪽으로 최대한 붙어서 달렸다. 달리기는 그의 가장 중요한 일과다. 그가 달리기를 시작한 건 사 년 전 그 일이 있고부터다.

은탁은 대학 이후 청년기의 대부분 날들을 외지에서 보냈다. 첫 직장은 스위트홈 콘셉트의 종합 여성지였다. 두 번째 직장에서는 제주도를 필두로 남태평양을 날아다니며 섬의 사시사철을 카메라에 담아냈다. 그 두 번째 직장에 사표를 내면서 그는 아예 월급쟁이 사진기자 생활을 접었다. 그는 프리랜서로 국내와 국외를 부지런히 돌아다니며 셔터를 누르고 원고를 작성했다. 그는 포토와 에세이를 잘 뽑아내는 여행 작가로 자리를 굳혔다.

사 년 전 그 사고가 일어나지 않았다면 은탁은 여전히 카메라와 노트북을 챙겨 지구촌을 떠돌아다니고 있으리라. 그의 발을 묶은 건 혜란이었다. 그는 그녀에게 갚을 수 없는 빚을 졌다. 혜란은 출장을 떠나는 그를 인천공항에 내려주고 돌아가던 길에 추돌 사고를 당했다. 그는 한국으로 돌아오고 나서도 두 달이 지나서야 그녀가 그날 승용차 안에서 즉사했다는 사실을 전해 들었다. 혜란과 은탁 둘을 잘 알고 있던 후배는 그를 칠 듯이 노려보며 낮게 뇌까렸다.

—선배가 그런 무정한 사람인 줄 몰랐어. 혜란인 어쩌자고 오직 자신의 일밖에 모르는 선배를 좋아했을까. 선배보다 그런 혜란이 더 밉다, 난.

혜란의 죽음에 책임이 없다고 할 수 없는 사람으로서 가장 늦게 그녀의 사고 소식을 접했다는 건 그에게 견딜 수 없는 죄책감과 자기 환멸을 남겼다.

볼리비아의 라파스와 수크레와 우유니 소금사막에서 그가 반쯤은 의무적으로 보낸 이메일들을 그녀가 하나도 열어보지 않았음에도 예사로 흘려 넘겼다는 것. 한국으로 돌아와서도 한 번쯤 먼저 전화를 걸어 자신의 복귀를 알리거나 그녀의 안부를 묻지 않았다는 것. 오래전부터 늘 그런 식이었다는 것. 자신을 바라보는 그녀의 시선을 받아들이지도 않으면서 명확하게 밀어내지도 않았다는 것.

때문에 그는 자신을 용서할 수 없었다.

그는 카메라를 던지고 칩거했다. 예전 같으면 무조건 붙잡았을 굵직한 일감이 파격적인 조건으로 주어져도 마다했다. 더는 아무렇지도 않게 공항로를 달릴 자신이 없어졌다. 그는 트라우마를 안고 부령으로 내려왔다. 사진과 여행 외에 할 줄 아는 일이 없었다. 건축자재상을 하는 동창의 조언을 얻어가며 집안 소유인 성당 터에 쉬엄쉬엄 건물을 올리고 게스트하우스를 열었다. 그리고 머릿속을 말갛게 비우기 위해 매일 해 질 무렵 방파제 길을 달렸다. 스스로에게 내린 유배이자, 속죄와 망각을 위한 처방전이었다.

하지만 린이 나무물고기에 엄청난 짐을 부려놓은 이후로는, 더더군다나 같은 길에서 나붓나붓 걷는 그녀와 엇갈리면서부터는 머릿속에 갯솜이 그득히 들어찬 듯 몸도 정신도 가분해지지 않는다.

　은탁은 그녀와 엇갈릴 때마다 온몸의 관절이 시큰시큰했다.
잘 쌓아 올린 담장의 밑돌이 삐걱대는 소리가 들렸다. 언제 머
리 위로 돌무더기가 쏟아져 내릴지 알 수 없는 길에서의 달리
기는 더 이상 달리기가 아니다. 도주다.

　수연의 농 섞인 경고가 아니더라도…… 방심하지 말자, 린은
곧 돌아갈 것이다.

　─그냥 지내보려고요.

　그러나 그녀는 앞으로 몇 날을 더 묵을 것인지 아직 그에게
답해주지 않았다.

마법의 시간

오월도 막바지다. 봄날은 가고, 이른 봄꽃들 진 자리에 맺힌 열매 단단해지고, 산길 들길마다 찔레, 망초, 아카시 흰 꽃들과 해당화, 개양귀비 붉은 꽃들이 번갈아 흐드러졌다. 해가 점점 길어져 하루의 두 번째 매직 아워, 일몰을 전후한 마법의 시간대도 차츰 늦춰지고 있다.

린은 보름째 나무물고기에 머물고 있다. 그사이 그녀는 게스트하우스 식구들과 친해졌다. 매니저 진수와 주말보조 동재는 엉뚱하게도 설레는 눈빛이었고, 청소와 세탁을 돕는 공 여사와 평일 시간제로 일하는 현주는 한숨 섞인 선망의 눈빛이었다.

린에게 남자친구가 있는 것 같긴 한데 전화를 걸어오는 쪽은 항상 저쪽인 듯하고, 엿들으려고 한 건 결코 아니지만 저절로 포착된바 상대는 미국쯤에 있는 듯하며, 가련하게도 번번이 상대편이 밀리는 분위기라는 것은 진수의 레이더망에 걸린 정보였다. 진수는 대단한 기밀이라도 되는 양 의기양양하게 그 사실을 동료들에게 누설했다. 그러자 동재는 왠지 기쁜 표정이었고, 공 여사와 현주는 자신들이 속 썩이는 남자를 얄짤없이 차버린 당사자이기나 한 것처럼 터무니없이 우쭐댔다.

은탁은 카운트다운에 들어간 심경이었다. 의문의 데이터를 대하는 두 가지 방식 중에 하나를 택해야 한다면? 가령, 복구와 삭제 중에서 어느 키를 누르는가에 따라 삶의 방향과 지향이 달라진다고 한다면? 그는 유보 상태다. 셋, 둘, 하나…… 이후는 여전히 미지수다.

나무물고기 식구들이 저마다 사심을 품고 그녀를 염탐하는 가운데, 린의 일상은 단조롭고 정적이고 모호하다. 그녀는 바다로 열린 카페테라스의 기다란 테이블에 기대선 채 맥주를 병째 찔끔찔끔 들이켜기도 한다.

눈물에 어룽진 아이라인처럼 수평선이 뭉개지고 건너편 반도는 신기루처럼 흐리마리해지는 날, 미동도 없이 잿빛 갯벌을 응시하는 그녀를 뒤에서 지켜보고 있자면 문득 그에게도 프레임 속 한 장의 흑백사진을 들여다보는 듯한 변전(變轉)의 순간이 찾아왔다.

그녀는 모자도 쓰지 않은 채 볕 따가운 마룻바닥에 주저앉아 스케치를 할 때도 있는데, 정작 시야에 보이는 포구나 대숲이나 바닷길을 그리지는 않았다.

—이상해요. 여자를 그리는데, 자기 얼굴 같기도 하고…….보통 자화상을 그릴 땐 거울을 보며 그리지 않나?

그로써, 그녀가 일러스트레이션을 전공하는 미술 지망생이며 얼마 전까지만 해도 뉴욕의 무슨 아트칼리지에 적을 두고 있었던 것 같다는 추측이 현주에 의해 추가로 공표됐다. 부령에서 고등학교를 졸업한 뒤 부모가 운영하는 군내 사하촌(寺下村) 토산품 가게에서 주말마다 나이 든 관광객들과 씨름하는 현주는 린을 하냥 부러워했다. 한 살 위여서 언니라고 부르기로 했다는 현주의 넉살로 린의 나이가 스물둘이라는 사실도 확인이 됐다.

린은 도미토리 체크아웃 타임이 지나 한가해질 즈음이면 바에 내려와 커피와 크루아상을 찾는다. 그런데 오늘은 웬일인지 시간이 지나도록 내려오지 않는다며, 진수가 걱정스러운 얼굴로 이층을 올려다봤다.

"밖으로 나가는 것도 못 봤거든요."

그러잖아도 은탁 역시 자꾸 계단 쪽으로 고개가 돌아가던 참이다.

"운호 너도 못 봤지?"

진수는 신참 동료에게도 동의를 구했다.

"못 봤는데요? 이층 신비주의 말하는 거 맞죠?"

운호가 호기심 어린 표정으로 거들었다. 반깁스 상태로 아직 목발에 깨금발 처지인 녀석이 느닷없이 새 스쿠터를 몰고 찾아온 건 어제 오후였다. 운호는 빵 바구니 대신 턱하니 제 배낭을 부려놓았다. 공연히 이곳저곳 살피는 낌새로 봐서 녀석의 자진 합류에 모종의 흑심이 개입된 게 확실했다. 희한하게도 집들이 다닥다닥 붙어 있는 도시에서보다 앞집 옆집 뒷집이 멀찍멀찍한 촌구석에서 소문이 더 빨리 퍼진다.

—삼촌, 나 여기서 일할래요.

—하고 말고 니가 결정하냐? 게다가 그 꼴을 하고서? 난 알바가 필요하지 환자가 필요하진 않다.

—에이, 내가 보기엔 여기 오는 사람들이야말로 죄 환자 같던데요 뭘?

—말해봐, 고모한테 쫓겨났지?

—아녜요. 내 발로 나온 거예요. 여자들은 잔소리가 졸라 많아요. 어떻게 매일 똑같은 문장을 토씨 하나 안 바꾸고 무한 재생할 수 있지? 녹음기도 아니고. 댑다 신기해요.

—여긴 매일 똑같은 일을, 매일 똑같은 방식으로 처리해야돼. 그리고 매일, 다르지만 결국은 똑같은 요구 사항과 똑같은 불만 사항을 똑같은 갑 마인드로 늘어놓는 손님들을 상대해야되고. 오케이?

—오케이! 나 어디서 자요?

은탁은 진수에게 운호를 일임했다. 그래도 여긴 예쁜 도시 아가씨들도 오지 않느냐고, 보령제과엔 맨 늙다리 흙장화 신은 꼰대들뿐이라고, 꼭 저다운 핑계를 대는 녀석이 얼마나 버틸지 두고 볼 일이었다.

"인터폰도 해봤는데, 안 받더라고요."

진수가 목을 좌우로 한 차례씩 꺾으며 말했다.

은탁은 린의 휴대전화로 통화를 시도했다. 신호가 가는데도 전화를 받지 않았다. 진동이나 무음 모드로 두었나 싶어 문자 메시지를 남기고 기다려보아도 무응답이다. 보다 못한 운호가 머뭇머뭇 끼어들었다.

"이런 말 해도 되나……."

"뭐야, 무슨 일 있었어?"

"그게요, 엊저녁에 날더러 스쿠터 빌려줄 수 있냐고 묻더라고요. 스쿠터 탈 줄 아냐고 하니까 안대요."

"그래서?"

"그러라고, 필요할 때 말하라고 했죠. 나야 뭐, 내 허리춤에 꽉 붙이고 달리는 게 짱 좋은데."

은탁의 시선이 주차장을 향했다. 운호가 눈치 빠르게 덧붙였다.

"아아, 스쿠터는 고대로 있고요, 키도 내 주머니에 고대로 있어요."

"그런데, 그 말을 왜 지금 해?"

"갑자기 이상하단 생각이 들어서요. 이상하지 않나? 나만 이상한가?"

운호가 단무지처럼 노랗게 물들인 머리통을 긁적였다. 녀석은 레게머리를 포기하는 조건으로 수연에게서 새 스쿠터를 얻어냈다.

방심하지 말라더니. 하필이면 시답잖다고 일축했던 수연의 말이 생각났다. 마침 공 여사는 읍내 오일장을 보러 갔고, 현주는 근무일이지만 한 달 주기 마술에 걸린 날이라 쉬어야겠다고 호소해서 그러라 했고, 운호나 진수에게 맡기기는 좀 그렇고…….

자신이 직접 올라가보는 수밖에 없겠다는 판단이 서자 은탁은 마스터키를 챙겨 이층으로 향했다.

*

똑똑. 똑똑똑.

노크에도 반응이 없다. 그는 두 번 더 노크를 했다. 그래도 응답이 없자 마스터키를 꽂았다. 달칵. 손잡이를 잡은 채 한 차례 심호흡을 한 다음 안으로 문을 밀었다. 한창 볕이 들 시각이었

으나 방 안은 어스레했다. 짙은 풀색 커튼이 드리워져 있어서
인지 마치 녹조류로 뒤덮인 강물을 들여다보는 것 같았다. 그
리고…….

그는 그 자리에 우뚝 멈춰 섰다.

린은 방 안에 있었다. 뿐 아니라 그녀를 픽업하던 날 그를 놀
라게 했던 그 무엇과 일치하는 풍경이 그를 기다리고 있었다.

린은 바깥쪽 침대에 얌전히 누워 있었다. 검은 수면안대로
두 눈을 가린 채.

은탁은 그녀에게 다가가 코밑에 살며시 손가락을 대보았다.
고른 숨결과 온기가 느껴졌다. 세상에, 그녀는 그저 깊이 잠든
것뿐이었다. 뛰어들다시피 방으로 들어설 때 그를 진저리치게
했던 것은 그녀의 손목에 휘감긴 노을빛 선연한 머플러였다.
안도감은 그러나 잠시뿐, 그는 덜미 잡힌 듯 벽 쪽 침대를 돌아
다보았다. 다시금 등줄기가 서늘해졌다.

방에는 그녀 말고도 한 사람이 더 있었다. 그녀는 삼 주 전쯤
의 예약 내용을 어기지 않았다.

—두 분이세요?

—네, 엄마랑요.

　다만 그 나머지 한 사람이 숨결과 온기를 가진 육체가 아니라는 점이 그를 혼란에 빠뜨렸다. 린과 동행인 여인은 너무나도 젊고, 너무나도 린과 닮았다.

　액자 속의 여인이라니……. 누가 이런 일을 상상이나 하겠나.

　은탁은 조용히 뒷걸음질 쳐서 방을 빠져나왔다. 소리 죽여 방문을 잠근 뒤 아래층으로 내려왔다. 진수와 운호가 기다렸다는 듯이 그 앞으로 달려 나왔다.

　"안에 있어요, 없어요?"

　"어떻게 됐어요? 무슨 일이에요?"

　진수와 운호가 앞다퉈 물었다. 은탁이 건조하게 말했다.

　"걱정 마. 별일 없으니까, 깨우지 말고."

　은탁은 그녀가 단지 잠을 청하기 위해, 어쩌면, 수면제를 복용한 것 같다는 말은 꺼내지 않았다.

　"에? 이 시간까지 잔다고요? 인터폰이다 뭐다 그렇게 생난리를 쳤는데도? 뭐야, 괜히 놀랐잖아."

　운호가 김새는 얼굴로 툴툴거렸다.

"진수야, 운호 교육 잘 좀 시켜라. 아무 데나 기웃거리지 못하게 하고, 쓸데없는 데 관심 가지지 않게 하고."

진수의 얼굴이 조금 붉어졌다. 운호에게만 해당되는 주의 사항이 아니라는 걸 모르지는 않을 테다.

*

은탁은 건물 밖으로 나왔다. 창고를 넓히는 공사를 막 마친 뒤라 마당은 남은 자재들로 어수선했다. 그는 파벽돌과 나무토막을 한옆으로 던져 모으고 고무호스를 찾아 들었다. 수도꼭지를 열어 초여름 열기로 달궈진 주차장과 관목들을 향해 물을 뿌렸다. 사방으로 흩어지는 물방울들이 수직으로 내리꽂는 빛살을 받아 알알이 반짝였다. 그는 호스를 든 채 눈에 띄는 대로 화분의 초록 잎들 사이사이 누렇게 뜬 잎을 뜯어냈다. 손 가는 대로 새치처럼 돋은 가느다란 잡초를 뽑아내기도 했다. 황망한 마음이 도통 가라앉지 않았다.

결국 그는 고무호스를 던져두고 건물 모퉁이를 돌았다. 옛 성당 터에 게스트하우스를 올릴 때 본채는 간단한 수리만 한 채 그대로 남겨두었다. 그는 자신이 나고 자란 그 옛집에서 혼자 지내고 있었다.

그는 새로 달아낸 현관에서 장화를 벗으며 무심히 신발장 거울을 들여다보았다. 거울 속에서 번민과 회한과 그리움으로 들뜬 오래전의 눈빛 하나가 가만 자신을 되쏘아보고 있었다. 그 눈빛은 훼손되지 않은 소금사막의 미라처럼 퀭했다. 통증이 무뎌질 뿐 기억은 무뎌지지 않는다는 증명인 것만 같아 맥이 풀렸다.

그는, 예전에는 부모님 방이었으나 지금은 서재로 쓰는 방 앞에 섰다. 숨을 가다듬은 뒤 미닫이문을 열고 곧장 다락으로 올라갔다. 손을 더듬어 30촉짜리 백열전구의 스위치를 비틀어 켰다. 간간이 다락문과 서까래 위 손수건만 한 쪽창을 젖혀 거풍을 한다고는 하지만 쿰쿰한 냄새는 묵은장처럼 끈덕졌다. 그는 다락 구석에서 먼지 잔뜩 뒤집어쓴 상자 하나를 끌어냈다. 그는 상자를 안고 다락을 내려왔다. 유골 상자라도 끌어안은 것처럼 맥박이 널뛰었다.

그는 서재 책상에 상자를 내려놓았다. 관을 헤치는 심경으로 뚜껑을 열고 하나하나 안에 든 물건들을 들어내기 시작했다. 기억이 어긋나지 않다면, 어찌 어긋날 수 있으랴마는, 졸업앨

범과 일기장과 당시 그가 복사(服事)를 섰던 성당의 주보와 성가대 악보들…… 속에 틀림없이 자신이 찾는 물건이 있을 것이다.

그는 상자 맨 아래에서 빛바랜 크라프트지 봉투 한 장을 마지막으로 들어냈다. 언젠가 어느 손길에 닿기를 기다렸을지도 모르는, 안에 든 내용물을 짐작하게 할 만한 어떤 표지도 날짜 기록도 겉봉에 달아두지 않은, 그래서 누군가 부주의하게 아궁이 속으로 던져버릴 수도 있을 누런 서류봉투. 봉투 안에는 사륙배판 사이즈의 낱장 사진이 달랑 들었을 따름이다.

그는 오싹한 기분으로 그때를 회상했다. 그때 그의 무의식은 차마 제 손으로 사진을 없애지 못하는 대신 기억의 사멸을 염원하지 않았을까. 이름 없는 봉분이 오래고 오랜 세월 속에 풍화하여 종내는 주먹 한 줌 자취로도 남아 있지 않게 되듯이, 그도 완전하고 안전한 망각을 꿈꾸지 않았을까.

봉투를 헤집는 손이 파르르 떨렸다. 봉투 속이 아니라 해체되어 뼈만 남은 누군가의 늑골 깊이 손을 들여 넣는 것만 같다. 그는 자신의 손끝에 딸려 나온 사진 속 얼굴을 물끄러미 내려다보았다. 보름 전 부령제과에서 린과 처음 맞닥뜨렸을 때 전

광석화로 떠올랐던 바로 그 얼굴이었다.

소정이 누나…….

한때는 못내 그리웠고, 못내 미웠고, 못내 안타까웠던……
아픈 이름, 유소정.

그녀였다.

걷는 여자

운호가 엎어질 듯 깨금발로 뛰어들며 은탁을 찾았다. 한쪽은 어디로 팽개쳤는지 외목발이다.

"삼촌! 삼촌!"

은탁이 쯧쯧 혀를 찼다. 제아무리 산전수전공중전 치러낸 부령의 2대째 전설인 양 건들거려도 저럴 땐 에누리 없는 열여덟 살, 고교 자퇴생에 불과하다. 말로는 검정고시를 볼 거라지만 순전히 어른들 쓴소리에 대한 입막음용일 게다.

"왜? 성한 다리도 마저 부러뜨리고 싶어서?"

"내가 흥부 참샌가, 다리 분질러먹게?"

"이런 무식. 흥부는 제비고!"

"제비나 참새나. 방금 스쿠터 타고 나갔어요. 액자 같은 거 앞에다 싣고요. 배낭도 멨어요. 설마 튄 거 아니겠죠?"

린 얘기구나, 하면서도 은탁은 짐짓 쐐기를 박았다.

"육하원칙!"

"신비주의……가 그랬다고요. 설마, 별일 없겠죠? 내 스쿠터요."

"그걸 나한테 묻니? 네가 물었어야지."

"방값 떼먹고 스쿠터 빌려서 튈 수도 있는 거잖아요. 내 레게머리랑 맞바꾼 신형이란 말예요. 첫 달 할부도 안 뗐는데."

운호가 볼멘소리를 했다.

이 어이없는 놈을 어쩌나. 수연더러 반품한다고 그럴까. 은탁이 기가 막혀서 말뚝을 박았다.

"그 걱정은 하는 놈이 어째 키 넘겨줄 땐 할부금 생각 안 나디?"

"삼촌도 참, 그런 여자한테 어떻게 거절을 해요. 나한테 부탁해오는 것만 해도 어딘데."

"그렇지. 그랬겠지. 내가 다 이해한다. 그 대신!"

은탁은 어느새 능글거리는 낯빛으로 돌아온 운호의 귀를 잡아 비틀었다.

"튄 거면 네 알바비에서 까면 되니 난 걱정 없다."

"그런 게 어딨어요?"

"그리고 말이다, 네 고모가 널 빵 굽는 오븐에다 집어넣는다 해도 난 안 말릴 거다. 알겠지?"

"아구구, 이거나 놓고 말해요."

은탁이 잡았던 귀를 놓아주자 운호가 손바닥으로 제 귀를 문지르며 애먼 사람에게 분을 풀었다.

"현주 누나는 뭐가 재밌다고 웃어요?"

때마침 냉장고에 음료를 채워 넣으며 키득거리던 현주가 엉뚱하게 당했다. 운호는 입이 댓 발이나 나온 채 비품 창고로 들어가버렸다. 버릇없는 막내 티를 꼭 저렇게 낸다.

하필 진수가 예비군 훈련으로 빠지고 없는 날이다. 은탁은 자잘한 정리를 운호에게 맡기고 홈페이지와 전화 문의에 신경을 쓰라고 현주에게 이른 뒤 밖으로 나왔다.

그는 주차장을 벗어나 해변으로 연결된 비탈을 내려갔다. 나무물고기 카페테라스에서 허리를 90도로 꺾으면 내려다보이는 해변이다. 좁은 포구에는 군데군데 칠 벗겨진 목선 대여섯 척이 기우듬히 닻줄에 매여 있다. 성의 외벽처럼 작은 어촌을 빙 둘러싸고 있는 동편 방파제 너머 내항에는 양식장을 오가는 고깃배들이 물때에 맞춰 들고 난다.

그는 조개껍질과 망가진 어구(漁具) 따위가 함부로 널린 모래밭을 가로질렀다. 밀물 때는 바짝 차오른 바닷물로 좁은 모래펄이 사라지지만 물이 빠지면 그가 늘 달리는 서편 방죽으로 질러가는 해안길이 생긴다. 지름길이긴 해도 시커먼 바위와 자갈로 뒤덮여 있어 린은 보나마나 나무물고기 위쪽 포장도로로 돌아갔을 것이다. 만약 그녀가 그의 예상대로 그곳으로 갔다면.

*

린은 우연히 이곳에 들른 게 아니다.

은탁은 그렇게 확신했다. 그는 줄곧 그녀와 부딪쳐봐야겠다고 맘먹으면서도 핑계를 만들어가며 미뤄오고 있었다. 조심성이 지나치면 우유부단이 된다. 그의 생에서 많은 일들이 머뭇머뭇하는 새 어긋났다. 그 때문에 얼마나 많은 소중한 것들을 놓쳤던가. 지나간 일을 후회한다기보다 더는 미래에 후회할 일을 만들고 싶지 않다.

그는 걸음을 빨리했다. 마음이 걸음을 자꾸 앞질렀다. 방죽으로 올라서면서부터는 아예 달리기 시작했다. 그제야 미처 운동화로 갈아 신을 새도 없이 샌들 차림으로 나선 것에 아차 했다.

그가 달리기를 선택한 것은 몸이 기억하는 시간의 얼룩들을 속도와 함께 날려 보내기 위해서였다. 그의 목표 지점은 달리고 달려서 도달하는 물기 마른 바싹한 정신이었다. 그것이 그의 '러너스 하이(Runner's High)'였다.

그러나 지금은 거리를 좁히기 위해 달리고 있다. 몸보다 마음이 앞서는 달리기는 실격이다. 린이라는 복병을, 소정이 누나라는 복병을 다시 맞닥뜨리게 되리라고는 어찌 꿈엔들 생각했으리. 그는 이미 이십 년도 더 전에 소정이 누나라는 꿈을 접었지 않았던가.

그럼에도, 그럼에도 불구하고…… 시간의 경과는 무의미했고, 망각에의 노력은 무산됐다. 린과 대면하는 순간 가시덤불을 비집고 홀연 낡은 시간창고의 문이 나타났다. 그는 홀린 듯 그 녹슨 문을 열었다. 그리고 망각의 색인이 붙은, 유소정이라는 얼룩을 핀셋으로 집어내듯 정확히 집어내고 말았다.

멀리 물러났던 바닷물이 낮은 포복으로 야금야금 거리를 좁혀온다. 서해는 자주 물빛을 바꾼다. 바람이 물속의 개흙을 뒤집어놓으면 물빛도 뒤집혀 우중충한 잿빛이다. 바람이 자면 해수면 위에 채도(彩度)가 다른 여러 폭의 초록 비단을 잇대어 펼쳐놓은 것 같은 물길이 생겼다. 에메랄드빛 물비늘은 수만 수억 개의 금속 조각을 잇대어놓은 것처럼 소리 없이 짤랑거렸다.

그는 방죽 끝에서 야트막한 언덕 하나를 타 넘었다. 그러고 나면 새로운 방파제 길이 나온다. 해안에서 불쑥 솟은 바위산의 옆구리와 이어지는 둑길이다. 그의 평소 레이스는 그 두 번째 방파제 길 끝에 세워진 안전 수칙 경고판을 반환점으로 해서 돌아 나오는 것이다. 그는 이 코스를 한 번에 대여섯 차례 이상 왕복한다. 최근에는 거의 매일 일몰의 시간에 그와 그녀가 수도 없이 엇갈리는 길이기도 하다. 그는 제방의 안쪽을 달렸고, 그녀는 제방의 바깥쪽을 걸었다. 여전히, 일면식도 없는 사람들처럼. 서로 약속이나 한 듯, 가벼운 알은체도 없이.

그는 경고판을 지나 내처 산길로 들어섰다.

역시.

저만치 바다 쪽으로 툭 불거져 나온 벼랑길 초입에 운호의 스쿠터가 세워져 있다. 린의 모습은 보이지 않았다. 그쯤에다 스쿠터를 세워두고 야생 고양이처럼 푸른 산길로 걸어 들어갔으리라.

대숲을 통과한 해풍이 스스스삭삭삭 숫돌 가는 소리를 내며 내달려온다. 바람길에서부터는 그도 달리기에서 속보 수준으로 걸음을 바꾸었다. 그런데도 달릴 때보다 호흡이 점점 더 빨라졌다. 경사가 진 데다 폭마저 좁은 오솔길이라 그녀도 액자를 들고 오르기가 수월치 않았으리라. 가뜩이나 유월로 들어서자마자 한여름 못잖게 기온이 올라갔다.

하긴, 소정이 누나의 고집도 만만찮았다. 그래 기어이 그런 일이 벌어졌던 것이고.

*

린은 그곳에 있었다. 한 평 남짓한, 바다로 돌출된 절벽 위.

그녀는 너럭바위 끄트머리에 위태롭게 서서 만(灣) 건너편,

길게 엎드린 육지를 바라보고 있었다. 그녀의 뒤쪽, 소나무 붉은 밑동에 기대둔 액자 속 여인도 같은 하늘을 바라보고 있다. 절벽 아래에서 휘몰아치는 돌개바람에, 그녀의 머플러가 허공으로 솟구치며 사정없이 펄럭였다. 유린당한 섬의 봉화처럼 급박한 날갯짓이다.

은탁은 이 일을 믿을 수 없다. 린은, 이 아이는 어떻게 이곳을 알아냈을까. 이 아이를 이곳으로 안내한 건 어떤 예감인가, 어떤 부름인가. 혹 누군가 이 장소를 특정해주었다면 잔인함이라고 말할 수밖에 없는 부고(訃告)가 아닌가.

인기척을 느꼈는지, 린이 돌아섰다. 균형을 잃어 그녀마저 그만 절벽 아래로 사라질까 보아, 그녀보다 그의 오금이 더 저릿저릿했다.

"여기서 뭐 하는지 묻고 싶은 얼굴이네요."

그의 출현이 아무렇지도 않은 듯 그녀가 대수롭지 않게 물었다. 그는 그녀가 부리는 오기를, 그 오기가 내밀한 격랑을 감추기 위한 안간힘이라는 걸 간파했다. 그는 아주 오래전부터, 그녀가 세상에 태어나기도 전부터 그녀를 알고 있었다는 사실이 고통스러웠다. 그는 그 묵직한 동통을 섣불리 드러내 그녀를 불안으로 몰고 가고 싶지 않았다.

"그래요, 뭐 해요?"

그 또한 예사로이 되물었다. 그녀는 그의 대꾸가 불만스러운 모양이다.

"나도 모르겠어요. 어쩌면 내가 해야 할 일을 하고 있었던 것 일 수도 있구요."

그는 그녀의 '내가 해야 할 일'이 무엇인지 물을 용기가 나지 않았다. 그가 달래듯 목소리를 낮췄다.

"우선, 안으로 좀 들어서요. 거기 그렇게 서 있으니 보는 내가 더 아찔하네요."

다행히도 그녀가 순순히 몇 걸음 안쪽으로 발을 들여놓았다. 그러고는 한참을 무연히 액자 속 여인을 내려다보았다. 슬픔보다 더 슬픈, 짙은 그늘이 내린 눈빛이다. 그는 이 어린 여자의 우수에 속수무책이었다.

파랑이 이는 바다와 검은 바위절벽, 그림 속 나신의 여인과 그 여인과 조금도 다르지 않은 한 젊은 여자. 그리고, 자신.

그는 이 터무니없는 구도에 현기증을 느꼈다. 린은 천연스러 웠다. 설령 그 천연스러움이 과장되고 가장된 제스처라 할지라도.

"부탁인데요, 말 편하게 하시면 안 돼요? 난 아저씨가 날 손님처럼 대하는 게 불편해요. 아니, 싫어요."

그는 그녀의 때아닌 트집이 담고 있는 복선을 일단 무시했다.

"마린 양, 우리 집 손님 맞잖아요?"

그녀는 그의 달래는 듯한 말투에도 시비를 걸었다.

"마린 양, 우리 집 손님 맞잖아요……. 네, 맞아요, 손님. 근데 원래 모든 손님한테 그래요?"

"내가 어떻게 하는데요?"

"거리를 두잖아요. 스톱, 다가오지 말 것. ……좀 재수 없어요."

은탁은 한숨을 쉬었다. 점점 기운이 빠졌다. 두 사람과 동시에 대화를 나누고 있는 듯 힘에 부쳤다. 린과 소정. 그 둘이 지닌, 지녔던 천진함과 대범함. 그녀는 하나이면서 둘이었다. 산 자와 죽은 자를, 많은 것을 알아버린 어린아이와 영원히 늙지 않는 여인을 한 몸으로 살아내는 여자는 위험을 불사하는가. 생의 매순간을 아슬아슬한 공중그네 타기로 일관하는 곡예사처럼.

"암튼, 뭔가를 찾고 있어요."

별안간 그녀가 대화의 앞뒤를 제멋대로 바꾸어버렸다.

"뭐라고요?"

"아저씨가 물었잖아요. 여기서 뭐 하느냐고. 좀 전에."

"아! 찾는다는 건, 그래 찾았어요?"

"아이 참, 말 탁 놓으라니까. 말 되게 안 듣네요, 아저씨도."

"그래요, 뭐. 그래 그럼."

그래, 이편이 훨씬 자연스럽고 쉽네. 그가 내심 수긍했다.

"근데 봄에 아빠가 돌아가셨어요. 친엄마는, 아마도…… 오래전에 돌아가셨겠죠?"

린의 거리낌 없는 말투가 그대로 그의 심장에 와 박혔다.

돌 던지는 아이……구나. 이 조숙한 어린 여자가 나를 떠보고 있구나.

그는 바다로 얼굴을 돌렸다. 그의 심중은 낮빛과 마찬가지로 물속에 잠긴 바위처럼 굳고 어두웠다. 린이 두 번째 돌멩이를 던져왔다.

"엄마는 내게 수수께끼를 내쳤어요. 몇 개의 치명적인 단서와 함께요. 엄마가 내게 해줄 수 있는 전부였죠. 아, 날 키워준 엄마를 말하는 거예요. 다행이죠. 안 그래요?"

그는 대답하지 않았다. 무슨 말을 해야 좋을지 알 수 없었다.

"엄마가 없는 것보다는 백배 나은 거죠."

그녀 스스로 답을 하고는 다시 못마땅하다는 투로 세 번째 돌멩이를 날렸다.

"그래도 그렇지. 날 키, 워, 준, 엄마라니? 얼마 전까지만 해도 그냥 내 엄마, 마린의 엄마, 였는데. 이젠 아무 상관도 없는 사람이 되어버렸네."

그가 그녀 쪽으로 고개를 돌리고서 물었다.

"왜 상관이 없다고 말하지? 엄마는 엄마 아닌가?"

"아빠가 빠졌으니까요. 과부와 고아가 남게 된 거죠."

"스물두 살씩이나 된 성인에게 고아란 말은 좀 그러네요. 아니, 그러네."

"그래도 난 엄마가 좋아요. 날 키워준 엄마요. 아주 쿨하고 아주아주 멋진 여자예요. 닮고 싶어 했더랬죠. 하지만 갑자기 틀어져버렸어요. 내 진짜 엄마는 어떤 사람이었나, 알아내야 하거든요. 아아 진부하다, 마린. 이 나이에 이런 고민을 떠안게 되다니. 사춘기도 아니고."

은탁은 묵묵히 소나무 가지에 걸쳐둔 천을 걷어 액자를 감쌌다. 세상에 이런 영정은 없는 법이다, 하는 데 생각이 미쳤다.

"아저씬 이 여인, 그러니까 날 낳아준 여인을 알고 있죠?"

천 귀퉁이로 매듭을 묶던 손이 멈칫했다. 이 아이는 어디까지 알고 있을까. 아니면, 어디까지 꿰뚫어 보고 있는 걸까.

"왜 그렇다고 생각해?"

"아저씬 날 볼 때마다 당황하잖아요. 놀라 자빠질 것 같은 표정이었다가, 심각해졌다가, 모른 척했다가. 그래도 걱정은 되나 봐. 내가 안 보이면 걱정한다면서요?"

"누가 그래?"

"내 스파이들이요. 내가 다 포섭해뒀어요."

"그럼 하나만 물어보자고. 나무물고기엔 어떻게 찾아왔지?"

그녀는 기다리고 있었다는 듯이 싱긋 웃고 나서 재잘대기 시작했다.

"그건 내가 묻고 싶은 건데. 엄마가 건네준 단서 중에 발신자 주소가 부령으로 된 관제엽서가 한 장 있었거든요. 그거야말로 필연적 단서였죠. 아빠는 진실을 말해주지 않았어요. 너무 급히 죽어버리느라 그럴 틈이 없었던 거겠죠. 이해해요. 엄마가 꼼짝없이 마무리 투수가 된 거죠. 엄마 말로는 이 여인의 고향이 여기였다고 했어요. 나도 여기서 태어났대요. 태어나자마자 아빠한테로 보내졌다구요. 그렇다니까 당근 궁금해지죠. 부령은 어디쯤일까. 어떤 곳일까. 포털사이트 검색창에다 주소를 쳐봤죠. 옛 지번까지 넣어서요. 크게 기대하진 않았어요. 근데 짠! 나무물고기, 하고 딱 뜨는 거예요. 놀랍죠? 그러니까 나머지는 아저씨가 설명해줘야 해요."

은탁은 속으로 두 손을 들었다. 그만하자고. 탐색은 끝났다고. 더 이상 벋댈 수도 없게 됐다고. 그러니 시간을 되돌릴 수밖에 없게 되었다고.

그는 액자를 옆구리에 꼈다.

"내려가자."

그가 앞장섰다. 린은 나무물고기에 도착할 때까지 한마디도 더 묻지 않았다. 이제는 그의 차례다.

첫 이별, 예외 없이

"움직이지 말라니까."

소정이 주의를 주었다. 벌써 세 번째였다.

은탁은 자세가 아니라 마음이 자꾸 흐트러졌다. 그녀가 서울로 떠난다는 상실감보다 그녀가 마련한 이별 선물이 학생부 전원에게 공평하게 나누어진다는 데 상심했기 때문이었다. 그가 짐짓 어깃장을 놓았다.

"꼼짝도 안 했어."

까짓 한 시간이 아니라 두 시간이라도 꼼짝하지 않을 수 있었다. 그녀가 지금처럼 오직 자신만을 바라봐준다면야.

"거짓말."

소정이 연필 끝으로 스케치북 속의 그를 콕콕 찔렀다. 그의 가슴이 콕콕 쑤셨다. 그녀는 그의 속마음을 꿰뚫어 본 것일까. 그렇다면 그의 애타는 마음을 알아챘을 텐데, 한 번도 그의 눈길에 화답하지 않았다. 그뿐이면. 그녀는 언제나 다른 먼 곳을 외곬으로 응시했다. 본당 출신으로 신학대학에 다니는 선배이거나 새로 부임해온 미술부 지도교사이거나 또 다른 누군가이거나. 그들은 자신들도 모르게 은탁의 미움을 샀다는 걸 모르리라.

마침 본당 사제인 베네딕도 신부가 공부방 문을 빠끔 열고 안을 기웃거렸다.

"베로니카, 애들 일일이 다 그려주게?"

베네딕도 신부가 뻣뻣하게 굳은 은탁과 초상화에 몰두하고 있는 소정을 번갈아 보며 물었다.

"원하는 애들만요."

"내 복사(服事) 프란체스코는 썩 원하지 않는 모양인데?"

장난기 많은 베네딕도 신부의 말에 소정이 맞장구를 쳤다.

"그죠? 그려주지 말까 봐요."

"우리 프란체스코는 베로니카 누나가 서울로 가버리는 게 싫은 거예요. 나부터도 걱정인걸. 아녜스 수녀님도 걱정이 크실 걸? 개구쟁이 꼬맹이들 혼자 감당하셔야 할 테니."

"아주 가는 거 아닌데요 뭐. 자주 내려올 거예요."

"그래야지. 안나 자매님한테도 전화 자주 하고. 우리 프란체스코 부모님께도 안부 자주 묻고."

"그럴게요. 신부님도 바쁘신 일 없으면 앉아보세요. 멋지게 그려드릴게요."

베네딕도 신부가 잽싸게 손사래를 쳤다.

"어이쿠, 난 빼줘. 좀이 쑤셔서 가만 앉아 있질 못해. 프란체스코 봐라, 꼭 벌서는 것 같잖니? 미사 때 복사 서면서도 저런 표정 짓고 있는 거 아니지? 그럼 곤란한데……."

"정말요? 너 정말 억지로 앉아 있는 거야? 그래서 꼼지락댄 거야?"

소정이 곧바로 은탁을 다그쳤다.

"에고고, 무서워라. 난 갈란다."

베네딕도 신부가 자라목 시늉으로 공부방 문을 닫고는 줄행랑을 놓았다.

"가세요, 신부님. 근데 탁이 너?"

소정이 인상을 썼다. 신부님은 무슨 억하심정이 있어서 날 끌고 들어가는 거야. 은탁은 저도 모르게 목소리가 커졌다.

"꼼짝도 안 했어! 십자고상처럼 꼿꼿이 있었다고!"

"어라, 얘가? 왜 지레 골을 부리고 난리야?"

"누나가 짜증 나게 만들잖아. 가만있는데도 움직이지 마라, 찡그리지 마라……. 어떻게 눈도 깜빡 안 하고 내리 한 시간을 앉아 있냐고. 내가 삼거리 천하대장군이야?"

"햐, 나무토막이 말도 하네."

은탁은 기어이 자리를 박차고 일어섰다. 우당탕, 등받이 없는 보조의자가 나동그라졌다. 그가 낮게 중얼거렸다.

"아무것도 모르면서."

"내가 모르긴 뭘 몰라?"

은탁은 씩씩거리며 공부방을 나왔다. 소정은 그를 붙잡지 않았다.

그는 자신을 서은탁 그 자체로 봐준 적 없는 소정이 얄미웠다. 그녀에게 자신은 그녀와 그녀 어머니 두 식구에게 대가 없이 거처를 내어준 교우회장의 외동아들이었고, 근본 없다며 남들이 얕볼세라 대충 둘러댄 촌수로 엮인 일가붙이 동생이었고,

초등학교 후배이자 본당 후배형제였고, 그녀를 둘러싼 어린 구애자들 중 하나일 뿐이었다.

잘난 척하긴. 서울 간다고, 누나 노릇에서도 손 떼고 싶은가 보네 뭐. 그래라, 누나는 무슨. 다시는 누나라고 하나 봐라.

소정에게 세 살 아래 은탁은 친동생이나 다름없었다. 코찔찔이를 수돗가로 데려가 목에 수건을 두르고 뽀득뽀득 낯을 씻겨 주는 일이 한동안 제 역할이던 때도 있었다. 그런 녀석이 부쩍 말대답을 하더니 요즘엔 눈 마주치면 제풀에 깜짝 놀라 방문을 쾅 닫고 들어가버리곤 했다.

어쭈, 질풍노도의 시기란 말이지.

그녀는 그의 사춘기가 재밌고 궁금했다. 한때 그러다 지나갈 그의 통과의례가 가소로우면서도 든든해서 좋았다. 그녀는 은탁의 초상화 뒷면에다 4B연필로 메모를 남겼다.

까불지 마. 그래도 사랑한다, 탁아. 1991. 2. 12. 소정 베로니카 누나가.

그 해 소정은 대학 새내기가 되었다. 본인이 원하던 명문 미술대학 진학인 데다 졸업한 고등학교 편에서도 상당한 경사에 드는 쾌거여서 가뜩이나 높은 콧대가 더 높아졌다. 학교와 학과는 다르지만 어쨌든 그해 서울로 진학하게 된 부령의 예비대학생 연합 모임에 나갔다 온 뒤로 성당 근처를 얼씬거리는 남학생이 전보다 늘어났다. 어떻게든 서울에서 지속적인 만남을 가져보려고 공을 들이는 눈치였는데, 안나는 질색하며 소정을 단속했다.

"서울서 비싼 돈 처들인 공부는 않고 올벼 쭉정이 같은 쟤들 만나고 그랬다가 온 동네 소문 만들기만 해라, 엉?"

"난 쟤들한테 저언, 혀, 관심 없어요. 지들이 괜히 저러는 거지. 그래봤자 순 촌놈들."

"하이고, 그런 넌 촌년 아니어서?"

안나는 소정을 주제넘다 나무라는 척, 한편 안심했다. 안나는 그 무엇보다 소정이 부령에 터 잡고 살아온 집안 자식들과 엮이길 원치 않았다. 개명 천지에도 봉변과 수모가 뻔히 내다보였다. 형편을 무시하고 딸을 서울로 올려 보내는 덴 큰물에서 새 길을 열었으면 하는 바람이 몰래 깔려 있었던 것이다.

소정보다 세 해 밑인 은탁은 인근 대도시로 나가는 대신 군 내 고등학교에 진학했다. 어디서나 제 하기 나름이라는 아버 지의 뜻에 따르기로 했다. 그는 학교 방침대로 기숙사에 들어 갔다.

아이들이 빠져나간 집은 삭은 고무줄처럼 느슨한 긴장 속에 방치되었다. 어른 남자 하나에 어른 여자가 둘인 구도는 긴 밤 군입 다시는 구설감이었다.

소정 모녀는 평소에도 때 없이 남의 입방아에 오르내리는 신 세였다. 그녀들에게는 이 마을 태생이면서도 도무지 이 마을 태생과 동떨어진 분위기가 있었다. 실제로는 노상 진일에 치여 사는 안나조차 손톱 끝 물방울 탁탁 퉁기며 살 것 같은 귀티가 자르르 흘렀다. 소정도 부잣집 애기씨 태가 났다. 사람들이 모 녀를 못 미더워하거나 질시하거나 몰래 부러워하는 이유는 딱 한 가지, 그녀들의 미목수려(眉目秀麗)한 외양인 셈이었다. 그 리고 바로 그 외모 탓이라 할지 덕이라 할지, 수군거림에 동조 하는 체하던 온 마을 남정네들이 정작 그녀들 앞에서는 더할 나위 없이 온순해졌기 때문에 여인네들로부터 눈 흘김을 당해야 했다.

저간의 사정이 그런지라 소정의 서울 유학은 새로운 꼬투리가 되었다. 토박이들은 물론 성당 식구들, 특히나 자매 교우들 사이에서 노골적인 비웃음을 샀을 뿐 아니라 해묵은 소문을 들춰내는 부작용을 낳았다.

"에고고 말이 성당 식복사(食服事)지, 의지가지없어 본당에 얹혀사는 주제에 무슨 딸자식 대학씩이나. 것두 돈 잡아먹는 미술댄지 뭔지. 모녀가 우리 신부님들 대대로 등골 빼먹네그랴."

"그러게 말여요. 웬만하면 읍내 젓집에 취직이라도 해서 혼수 밑천이나 장만하면 좀 좋아?"

"젓갈상회 같은 데서 폭폭 썩기엔 제 인물이 아깝다는 거겠지. 한마디로 꼴값, 그거."

"사실 또 그렇긴 하죠, 형님. 여자인 우리가 봐도 황성 잔칫날 심 봉사처럼 번쩍 눈이 떠질 판에, 뱃일 나가는 남정네들 가자미눈 뜨는 거 어째 말린데요?"

"아닌 말로 울 신부님들 저 집이한테 책잡힐 일이라도 맹근

거 아녀요?"

"쉿, 이 사람! 말이 너무 나갔네. 자네, 고해성사해야겠네. 흐흐흐."

"난 요한 형제님 속을 더 모르겠던데. 집 내주고, 평생 바람막이해주고."

"마리아 자매님도 어지간해. 나 같음 치맛단을 확 까뒤집어보고 싶을 일도 그냥저냥 넘어가데. 절집 말로 치면 보살이지, 보살."

비아냥은 응당 은탁의 아버지 어머니 쪽으로 샛길을 탔다가 늘 그렇듯이 그녀들의 출생으로까지 거슬러 올라갔다. 소정은 그녀의 어머니 안나와 더불어 성당의 신자가 아니더라도 사방 십 리 안에 모르는 사람이 없을 만큼 강렬하고 미스터리한 사건의 주인공이었던 것이다.

안나는 한국전쟁 막바지에 마을로 흘러든 과부 임산부가 공소 문 앞에 버려두고 간 핏덩이로 모진 삶을 시작했다. 어린 안나는 성당이 본당으로 승격하기 전인 공소 시절, 은탁 아버지 남매들 틈에 끼어 자랐다. 본당 초대 신부가 부임한 뒤로는 안

나의 학업이나 생활을 위한 설계를 당연한 듯 본당 신부가 도맡았다. 안나는 교우회장댁과 성당의 업둥이로 성모마리아의 자비 속에 성장한 셈이었다.

안나의 딸 소정은 베네딕도 신부의 전전임 사제였던 마태오 신부 시절, 은탁의 집 아래채에서 태어났다. 본당 부속건물을 올리기 전까지 임시 사제관으로 쓰였다가 그녀 차지가 된 곁방이었다. 산달이 되어 복대 두른 배가 덩두렷하게 드러나도록 안나의 몸의 변화를 눈치챈 사람은 없었다. 그녀는 그때까지 혼인하지 않은 처녀였다. 정혼자도 없었다.

제아무리 그리스도의 울타리 안에 의탁하고 있은들 빗살 같은 손가락질을 피해 갈 수 없었다. 소정은 태어나자마자 선량한 축복 대신 무성한 소문의 세례를 받았다. 당시 마을에는 신부의 사생아라는 억측과 은탁 아버지 소생이라는 추측이 반반 나돌았다. 문제의 두 담대하고도 너그러운 남자들은 세간의 의혹이야 어떻든 소정 모녀를 관대히 거두었다.

당사자인 안나는 소정의 생부에 대해 반 마디도 흘리지 않았다. 평생 지고 갈 십자가인 양 의연함으로 추문에 대처했고, 망신살이 무지갯살 뻗치듯 하여도 묵묵히 감내했다. 그녀는 전보다 더 열성을 내어 성당 살림을 챙겼고, 바지런히 은탁네 집 안팎일을 거들었다. 소정보다 세 해 뒤에 태어난 은탁을 돌보는 일도 주로 안나의 몫이었다. 그런 그녀를 속 깊다고 여기는 이가 있는가 하면, 염치없다며 낮춰 보는 이도 있었다.

사람들은 스무 살 된 소정이 스무 살 적 안나와 판박이라고 숙덕거렸다. 모녀를 아는 사람들이면 하나같이 찬탄인지 한탄인지 모를 한숨을 쉬었다. 질시 못지않게 정도 담뿍 든 이웃들은 조심스럽게 소정의 일거수일투족을 입에 올렸다.

"팔자 내림이라는 게 있다는데 난 저애를 볼 때마다 똑 애처로와. 조마조마허고."

"형님 눈에도 그래요? 난 나만 그런가 했네."

"왜, 자네 혼자 좋은 사람 될래?"

"어휴 형님도 참, 뭔 말을 못 혀. 아직 어린앤데 싫다가도 아래위를 훑어보게 되더란 말 가지고. 누가 봐도 뭐, 태 고운 건 고운 거잖여요. 군청 맞은편 진선미뷰티싸롱 여자가 미스코리아 나가보랬다던가, 저랑 손잡고 나가보겠다던가. 암튼 보는 눈들은 다 어금지금한가 봐요, 잉?"

그렇듯 소정이 주목을 받은 건 본인의 행실과 무관했다. 예쁜 것도 탈이었고 재주 많은 것도 흉이었다. 그녀는 억울함을 잘 견뎠다. 애써 명랑했고, 애써 반듯했다. 주일학교 아이들을 잘 이끌었으며, 군수 장학금을 타낼 만큼 상위권 성적을 유지했으며, 도내 사생대회를 넘어 서울의 대학에서 주최한 미술대회에서도 트로피를 받아와 자신과 학교를 빛냈다. 그녀의 선전(善戰)은 은탁에게 자랑스러움과 부러움과 패배감을 동시에 맛보게 했다.

그녀는 점점 오르지 못할 나무가 되어갔다. 그리고 너무 멀리 있었다.

그 여름, 양귀비꽃

장독대 옆 매실나무 꽃망울이 하나둘 속살을 열어 보일 무렵 소정은 서울로 떠났다. 다짐과는 달리 그녀는 첫 학기가 끝나고서야 고향으로 내려왔다. 그녀는 다시 마을의 이슈가 되었다.

연자줏빛 리넨 민소매 원피스에 챙 넓은 밀짚모자를 쓴 그녀는 달력 속 탤런트처럼 눈부셨다. 그녀는 그새 다른 세상을 사는 사람이 되어 있었다. 안나조차 오랜만에 보는 딸의 변신에 당황하는 기색이 역력했다. 전에는 그처럼 태생을 들먹이며 질시하던 몇몇 부인네들도 세련된 도회지 처녀로 돌아온 그녀에게 완전히 기가 죽었다. 이제 그녀는 은탁뿐만 아니라 모두에게 오르지 못할 나무였다. 안나는 수심 깊어진 얼굴로 더 자주 성모상 앞에 초를 밝히고 로사리오의 기도를 읊조렸다.

은탁도 여름방학을 맞아 집으로 돌아왔다. 그는 소정이 없는 동안에도 매주 주말을 집에서 보냈었다. 성당과 얕은 담장을 나눠 쓰는 이웃인 데다 삼대째 모태신앙인 가풍 탓에 주일미사를 거를 수 없었기 때문이었다.

"오, 제법 남자다! 면도해야겠는데?"

빨랫감이 잔뜩 든 더플백을 마루에 내려놓는 은탁을 보자마자 소정이 놀려댔다. 은탁은 그녀의 핫팬츠 아래 하얀 허벅지에 멈춘 시선을 얼른 거둬들이며 퉁명스럽게 대꾸했다.

"나야 면도를 하든 말든. 옷차림이 그게 뭐야?"

오빠가 여동생을 단속하는 말투였다.

"시원하고 좋은데? 안 이뻐? 다들 이쁘다던데?"

"하나도. 발랑 까져 보이기나 하지."

연거푸 지적을 당해 기분이 상한 소정이 입술을 비죽였다.

"너두 싹수가 노랗다."

"내가 어디가 어떻다고?"

"사제 서품받으라고. 프란체스코 신부. 괜찮네. 딱이네."

은탁은 입을 다물었다. 사제 서품은 아버지 어머니의 희망이었다. 그도 복사로 미사 전례에 참례하면서 진지하게 그 길을 생각해본 적은 있었다. 그러나 그는 자신에게 성소(聖召)가 없을뿐더러, 언젠가는 드넓은 세상에서 매인 데 없이 살고 싶은 욕망이 더 크고 절실하다는 걸 잘 알았다.

은탁은 처음 며칠간은 가능하면 소정과 마주치려고 안달을 냈다. 마루 끝에 앉아 고등학교 입학 기념으로 아버지에게 물려받은 중고 캐논카메라를 만지작거리기도 하고, 때맞춰 소정이 지나가면 무언가를 찍는 척 뷰파인더에 외눈을 갖다 대기도 했다. 펌프 물을 길어 올려 얼굴과 목덜미를 씻으며 아래채를 흘끔거리거나, 어깨에 수건을 걸치고 대청마루 기둥에 걸어둔 쪽거울을 들여다보며 거뭇한 코밑 수염자리를 어루만지거나, 거울 속에 그녀의 모습이 쏙 들어오길 애타게 기다리기도 했다.

소정은 여간해서 그의 시야에 잡히지 않았다. 그녀는 이 한가로운 고향 집에서도 열에 들뜬 듯 보였고, 알 수 없는 행보로 일상이 분망했다. 그는 여전히 성당 아이들 중 한 명이었다.

*

그 무더운 여름 어느 날이었다. 은탁은 같은 학교 사진부 부원인 친구를 만나러 버스터미널 근처로 나갔다가 공중전화 부스에서 통화를 하고 있는 소정을 발견했다. 하늘빛 리본을 두른 밀짚모자도, 연자줏빛 민소매 원피스도 그 퀴퀴하고 칙칙한 터미널 분위기와는 동떨어진 것이었다.

그는 반가움에 앞서, 결코 반갑지 않은 동통을 느꼈다. 송수화기를 귀에 대고 속살거리는 그녀의 표정이 낯설지 않았다. 그녀가 누군가를 향해 전심을 다할 때 보이는 바로 그 표정이었다. 우편집배원이 다녀갈 시간에 맞춰 집 앞을 서성일 때의 표정이 꼭 저랬다는 것도 한 박자 늦게 깨달아졌다.

그는 다가가 알은체하려던 마음을 꾸깃꾸깃 접었다. 약속 장소인 부령반점으로 걸음을 옮기는 내내 발끝에 채는 돌멩이를 걷어찼다. 한여름인데도 뼛속은 한겨울인 듯 시렸다.

"딱 한 병이다. 비밀 엄수, 알지?"

은탁은 자장면과 군만두를 주문하려던 친구를 꼬드겨 탕수육에 배갈을 마셨다. 뒷방 앉은뱅이 탁자 표면은 칼로 새긴 맹

서들로 가득했다. 팥죽색 목단이 바래가는 양은 쟁반 위 식초
병과 고춧가루 통은 개업 이후 한 번도 훔친 적이 없는지 땟국
에 절어 있었다.

그들은 요상 망측한 만화풍의 그림과 얼룽덜룽한 쥐 오줌 자
국으로 뒤덮인 벽지 한 귀퉁이에서 선영이는 내 꺼다, 미안하
지만 네 꺼였던 선영이는 지금은 내 꺼다, 라는 낙서를 발견하
고는 눈물이 질금거리도록 낄낄거렸다. 그 구질구질하고 퇴폐
적인 중국집 풍경이 저 홀로 시린 뼛속을 노글노글하게 녹여주
었다. 진짜 어른이 된 것 같은 기분은 확실히 색다른 맛이었다.
전설의 부령반점 뒷방은 스스로 상처 입은 영혼의 아지트로 손
색이 없었다.

"옜다, 이건 서비스."

앞치마를 두른 수창의 아버지가 이 빠진 중화풍 접시에 고추
잡채를 덜어주며 의미심장하게 웃었다.

그날 밤 은탁은 일부러 막차를 놓쳤다. 술내를 풍기며 집으
로 돌아가느니 외박이 훨씬 유리하리라는 계산을 술 진창에서
도 용케 해낸 것이 대견했다.

꿈속인지, 꿈길 밖인지, 희붐한 새벽에 그는 부령반점 뒷방에서 몸서리치며 눈을 떴다. 아랫도리가 축축했다. 비릿한 냄새가 코끝을 스쳤다. 황망함과 자괴감 속에 방 안을 휘둘러보았다. 술자리는 말끔하게 치워져 있었고, 집이 읍내인 친구 녀석은 사라지고 없었다. 군용담요를 둘둘 말고서 벽을 향해 돌아누운 등짝의 주인은 수창이었다. 싸움판이란 싸움판은 죄 껴들고 다니는 수창의 잠든 모습은 뜻밖에 순순했다.

그는 수창이 베고 있는 두루마리 휴지와 자신이 베었던 베개를 조심조심 바꿔치기했다. 고맙게도 수창은 몸을 뒤채지도, 잠을 깨지도 않았다.

*

그날 이후 은탁은 카메라를 메고 하루 종일 집 밖을 떠돌았다. 집에서 좀 멀리, 소금기 자분한 염전 두렁을 걷거나 판자로 잇댄 소금창고를 기웃거렸다. 물 나간 갯벌에 깊게 팬 고랑을 렌즈에 담고, 해 질 무렵의 솔섬과 하늘과 바다를 질리지도 않고 찍어댔다. 그 여름, 필름값 명목으로 자주 손을 벌리는 그에게 쏟아지는 어머니의 지청구와 아버지의 은근한 꾸지람보다 더 피하고 싶은 건 소정이었다.

그렇다고 미사에 빠질 배짱은 없었다. 그는 고등학교에 들어가면서 복사를 그만두었기 때문에 입당송이 시작된 뒤에야 성당 안으로 스며들었다가 미사 전례가 끝나고 파견 성가가 불리기 직전에 재빨리 빠져나오는 식으로 소정과 마주치지 않을 수 있었다. 그의 마음은 두 갈래였다. 어색한 대면을 면해 다행스러우면서도, 자신의 전전긍긍 따위 아랑곳하지 않는 소정이 야속했다.

행동반경이 피차 빤하다 보니 투명 인간이 아니고서야 완벽하게 몸을 감추기란 불가능했다. 더욱이 그녀가 작정이나 한 듯 그를 기다리고 있는 다음에야.

"야!"

하루는 소정이 은탁의 덜미를 낚아챘다. 그날 그는 하포 쪽 갯벌로 출사를 나갔었다. 물때를 잘못 맞추는 바람에 무릎장화 속까지 개흙이 들어차 질컥질컥 소리를 내며 마당으로 들어서던 참이었다.

"으, 깜짝이야."

그녀가 아래채 쪽마루에 앉아 그를 노려보았다. 팔짱을 낀 채 희고 미끈한 두 다리를 번갈아 흔들어대면서.

"꼴 좀 봐."

"사돈 남 말 하시네."

"내가 언제부터 니 사돈이냐?"

은탁은 대꾸 없이 제 방 툇마루에 카메라를 내려놓고는 수돗가로 향했다. 그새 소정도 슬리퍼를 끌며 수돗가로 내려왔다. 그녀가 고무 함지에 받아놓은 물을 바가지로 퍼서 그의 아랫도리에 휙 끼얹으며 말했다.

"너 아주 수상해."

"내가 뭐?"

"왜 요리조리 피해 다녀? 누가 널더러 숨바꼭질하재?"

"내가 언제?"

"너, 나한테 찔리는 거 있지?"

은탁은 며칠 전 새벽의 사태가 떠올라 뜨끔했다. 죽어도 말할 수 없는 비밀이었다. 천하의 말썽쟁이 수창도 끝내 잠든 척해주었던.

"그딴 거 없어."

"누나라고도 안 부르고."

"부를 일이 없으니까. 내 친누나도 아니잖아."

"이게! 많이 컸다, 서은탁. 아주 맞먹자고?"

"기껏 세 살 갖고 뭘 그래?"

"어쭈! 나 마당에서 세발자전거 페달 밟을 때 넌 겨우 방바닥에서 배밀이했어야. 어디서 까불어."

"쳇, 말투는 그대로네. 껄렁껄렁 촌스럽게. 손톱 발톱에다 뻥끼칠만 하면 서울 멋쟁이가 되나?"

소정이 바가지 가득 물을 퍼 담아 그의 온몸에다 마구잡이로 뿌려댔다.

"버르장머리를 고쳐놓을 테다."

"얼마든지. 해보시지?"

그는 달아나는 체하면서 그녀가 던지는 물세례를 족족 받아주었다. 이상하게 싫지 않았다. 오랜만에 남매처럼 툭탁거리다 보니 초등학교 시절로 돌아간 것 같았다. 그땐 얼마나 든든했던가. 동네에서도 학교에서도 은탁은 겁나는 게 없었다. 소정은 어디서도, 누구에게도 밀리지 않았으니까. 나중에 고교 씨름부 주장이 된 만규를 옴짝달싹 못하게 제압할 수 있는 유일한 존재도 그녀였으니까. 덩치 크고 사납고 제 엄마 말도 안 듣는 꼴통일수록 소정에게는 절절매는 게 신기했었다.

"누나라고 해, 얼른!"

"싫어, 안 해. 못 해."

때아닌 물장난은 채마밭에 나갔던 은탁 어머니가 돌아와 수돗가에 광주리를 내려놓으면서 끝이 났다.

"다 큰 것들이! 저 어데 웃녘에는 가물어서 먹는 물도 물차로 배급한다더라."

*

그 저녁 평상에는 두 집 찬 어우러진 밥상이 차려졌다. 은탁은 전에는 자주 있던 그 두레밥상이 한 100년 만에 돌아온 행사처럼 설레고 어색했다.

"아저씨, 은탁이 사진 잘 찍어요?"

젓가락으로 밥알을 한 알 한 알 떼 넣던 소정이 불쑥 물었다. 은탁의 아버지가 고개를 들자 그녀가 덧붙였다.

"보니까, 카메라 들고 종일 소금땡볕에 돌아다니기에요."

숭늉으로 입가심하던 은탁 아버지가 대답을 떠넘기는 표정으로 아들을 쳐다봤다. 소정이 은탁에게 직접 물었다.

"잘 찍니?"

"그냥 찍는 거지, 누가 잘 찍는대?"

"폼만 잡지 말고 나 좀 찍어줘봐. 주일학교 애들도 좀 찍어주고."

"난 인물사진 재미없어."

"얘, 잘 못 찍나 봐요."

소정의 고자질 투에 아버지가 빙그레 웃으며 장단을 맞춰주었다.

"그러게나 말이다. 필름값은 솔찮이 들어가는데."

은탁이 제풀에 열을 냈다.

"누가 못 찍는대? 안 찍는댔지."

"관둬라, 그럼. 모델 서주려고 했더니. 다들 모델 돼달라고 줄 서는데."

안나는 분방해진 딸의 태도나 몸가짐이 왠지 불안했다. 그러나 은탁 아버지나 어머니는 딸 없는 한을 소정으로 푸는지 마냥 너그러웠다.

은탁은 소정의 변모가 신경 쓰였다. 그녀는 어디로 튈지 모르는 고무공처럼 자유롭고 자신만만했다. 사랑받는 자만이 드러낼 수 있는 여유로움이었다. 이웃과 성당 식구들의 뒷말을 염려했던 이전의 소정은 죽고 없었다. 그녀는 승리의 기쁨으로 거듭난 어린 여신이자, 그 기쁨에 마비된 어리석은 포로였다.

은탁은 공중전화 부스 안의 그녀를, 수화기 저편의 누군가에게 보내는 그녀의 수줍은 속삭임을, 양귀비꽃 같은 그녀의 웃음을 떠올렸다. 들뜬 몸 부풀대로 부풀어 코르셋 같은 껍질 팡 날리며 속살 틔우는 양귀비꽃이 머릿속에 그려졌다.

주홍빛 양귀비꽃 꽃말은 약한 사랑이라는데……. 덧없는 사랑이라는데…….

은탁도 중학교 동창 미옥이 성당에 다니는 다른 동창을 통해 은밀히 전해준 편지를 읽고 알게 된 내용이었다.

그즈음 미옥은 꽃말 찾기에 심취해 있었던 듯, 본문과 부록 편이 뒤바뀌었다고 해도 좋을 만큼 다종다양한 꽃과 꽃말이 별지로 첨부돼 있었다. 몇몇 꽃과 꽃말에 분홍 형광펜으로 밑줄을 그어놓았는데, 그 꽃을 좋아하는지 꽃말을 좋아하는지 아리송했다. 꽃말만으로도 미옥의 의도가 충분히 전달되는 것이어서 은탁은 낯간지럽고 우스꽝스러웠다. 그는 미옥의 마음을 모른 체했다. 머잖아 미옥이 편지를 전해준 동창과 사귄다는 소문이 들려왔다. 허전함과 안도감이 반반이었다. 그래도 길을 걷다 화단의 꽃을 보면 이 꽃 꽃말은 뭐였더라, 하고 한 번쯤 되새기게 된 건 미옥의 꽃말 부록 효과였다.

게다가 자줏빛 양귀비꽃은 꽃말이 허영이고 환상이라는데……

은탁은 만조의 바닷물을 부추겨, 방파제를 집어삼키고 정박해둔 어선의 닻줄을 끊고 갯벌 바다을 뒤집어놓던 작년 여름날 태풍을 상상했다. 색색의 양귀비꽃밭쯤, 자취도 없어지리라.

하필이면.

지나치게 선연하고 을씨년스러운 예감이었다.

그렇게 첫 번째 하루

생은 반복된다. 첫날인 듯 처음인 듯 단 한 번뿐인 듯 우리를 현혹하지만, 어쩌랴, 생은 돌고 돌고 돈다. 시계 방향이든 그 반대 방향이든 멈춰 서지 않는다. 어느 날 모래를 채운 샌드백처럼 삶이 무거워져 제자리에 오뚝 멈춰 설 수 있다면, 그건 차라리 기적이다. 그사이 우리는 어느 때 어디선가 만나고 헤어지고, 다시 만나고 사랑하고 미워하고…… 그리고 잊힌다.

*

은탁은 책갈피의 낙엽처럼 테두리가 바랜 사진을 린에게 건넸다. 그녀의 것을 그녀에게. 기적은 그의 것이 아니었다. 그는 결국 잊지 못하는 사람이 되었다.

린은 사진에서 눈을 떼지 못했다. 자신도 모르는 새 필름에 담긴 옛 얼굴과 마주쳐, 그런데 과연 그때 내가 이랬었나, 하는 표정이다.

은탁도 이 영정사진이 여든아홉 번의 우연과 열한 번의 필연이 등나무 줄기처럼 얽히고 겹친 끝에 린의 손에 넘겨질 줄 상상도 못 했다. 살다 보면 상상도 못 한 일이 상상도 못 하게 자주 발생한다. 10만 분의 1, 100만 분의 1의 확률을 가진 희귀한 경우가 다른 누구도 아닌 내게 일어날 가능성은 언제나 반반이다.

일어나거나, 일어나지 않거나.

린은 한참 동안 사진을 들여다보고 나서 말했다. 마침내 자신의 현신을 승인하는 히말라야의 쿠마리처럼.

"이 사진, 아저씨가 찍은 거죠?"

확신에 찬 그녀의 말투가 은탁은 버겁고, 벅차다. 자신은 불과 며칠 전까지만 해도 망각의 강에서 뱃머리를 되돌리고 싶지 않은 사람이었다. 머릿속에 한 점 얼룩이 남지 않을 때까지 달리고 달렸던 사람이었다.

"슬픈 걸까, 망설이는 걸까…… 암튼 주저주저하는 게 보여요. 피사체 말고, 셔터를 누른 사람."

그럴 수 있겠지. 인터뷰이보다 인터뷰어의 내홍이 진하게 절실하게 드러나는 취재물이 있긴 하니까.

"생각 없이 그냥 누른 거야. 확대해석하지 마. 넘겨짚지도 말고."

은탁은 새로 내린 커피를 잔에 채워주며 일단 선을 그었다. 이미 짐작한 대로, 어설픈 해명 따위 들어먹을 그녀가 아니라지만.

"뉴욕에 있을 때요, 수단 흑인 분위기 여자애 누드를 그리다가 울음이 터지려고 해서 애먹은 적이 있어요. 후, 주책을 부리진 않았지만요."

그녀가 한 손으로 턱을 받치고서, 다른 손으로는 커피에 끼얹은 생크림을 스푼으로 휘휘 저으며 딴소리를 했다.

"그 애 손목에 난 칼자국을 봐버렸거든요. 한 번, 두 번, 세 번."

그녀가 커피스푼으로 제 손목을 긋는 시늉을 했다.

"열일곱? 열여섯? 세 차례나 끝장을 내려고 했던 거죠, 그 나이에. 부모나 애인에게 겁을 주려고 그랬거나 엑스터시를 했을수도 있구요. 그라피틴지 디제잉인지에 빠진 남자애쯤과 동거중이었던 게 분명하고요. 그거야, 그러거나 말거나. 내 말은요, 세상에, 그런 텅 빈 눈은 처음 봤다는 거예요. 맨홀을 들여다보는 것 같았어요. 그 뒤론 맨홀만 보면 그 애가 떠올라요. 정확하게는 그 눈."

은탁은 커피 잔 너머로 그녀를 바라보았다.

네 눈은 뭐랄까, 안개와 소나기와 빛과 구름이 차례로 지나가는 저 바다 같거든. 네 이름처럼. 한마디로 비현실적인 눈.

아침에 수연이 직접 가져다준 로즈메리쿠키를 린의 접시에옮겨주며, 그는 스스로 말려들었다. 기꺼이, 그녀의 말투를 빌려서.

"그림은 완성했고? 나도 모델 말고, 울음을 터뜨릴 뻔했다는프린터의 시선이 궁금해지는데?"

"뭐, 대충 마무리. 어떻든 완성이란 주관적인 개념이니까. 그수업 마지막 날 그 애가 자기 주면 안 되냐고 해서 넘겨줬어요. 기왕이면 사인도 해줄래? 그래서 오케이! 귀퉁이에다 알파벳으로 M, A, L, Y, N 말고 M, A, R, I, N, E, 라고 적었더니 유어닉네임? 하고 물어서 아니다, 풀네임이다, 난 진짜 바다에서 왔다…… 그랬죠. 하긴, 걔 말고도 저쪽 애들은 내 이름은 마린이야, 그러면 대개 그렇게 물으니까요. 어쨌든 나중에 후회했어요."

"왜?"

"미안하더라고요. 대상을 동정했거든요. 내려다본 거예요, 위에서. 내가 뭐라고."

"박애냐, 평등이냐, 그것이 문제로다?"

"에이, 꼭 그렇게 구별해야 돼요? 재미없당. 음…… 내 말은요…… 사랑이 아니면, 사랑인 척 그러지 말아야 해요. 사랑이면서 사랑이 아닌 척 그러는 것도 하지 말아야 해요. 둘 다 쓰레기예요."

퍽. 린의 말이 은탁의 가슴을 쳤다. 심장이 먹먹했다. 그녀의 말은 봉합을 위한 그의 오랜 몸부림을 무화(無化)시키기에 충분했다. 그도 잘 안다. 그의 사랑은 비겁했다. 누군가를 마음그릇에 담았을 때 숨어서 상대의 실패를 욕망했다. 누군가의 마음그릇에 담겼을 때 용의주도하게 상대의 침묵을 강요했다. 그리하여 자신의 의지와는 무관하게 양쪽 모두 파국을 맞았다. 등 돌린 누군가는 스스로 떠났다. 마주 오던 누군가는 불의에 의해 산산조각 났다. 그는 정당한 이별의 절차를 밟지 못한 채 남겨진 자로 남았다.

그 어느 날도 그랬다. 그는 정직하지 못했다. 맹세코 소정의 불행을 원하지는 않았다. 그러나 그녀에게 제 손을 내밀지 않으면서 그녀가 제 손 잡기를 바랐다는 것은, 그녀가 행복해지지 않기를 원했다는 말과 하나도 다르지 않다.

린의 말대로라면, 쓰레기 같은 사랑……. 어쩌면 그런 사랑……이었는지도 모른다.

*

─난 아주 먼 곳에 가서 살게 될 거야.

금요일 오후였던 걸로 기억한다. 은탁은 떨리는 마음으로 카메라를 들어 올렸다. 소정은 꾸밈새에 열정적이던 평소와는 다르게 줄 끊어진 마리오네트 인형처럼 넋을 놓고 앉아 있었다. 그녀는 그저 무연히 렌즈를 응시하며 혼잣말을 했다.

─내가 엄마를 용서한 것처럼, 엄마도 날 용서할 줄 알았는

데……. 주기도문에도 있잖아. 저희에게 잘못한 이를 저희가 용서하오니…….

그녀가 희미하게 웃었다. 혹은 울음을 감춘 찡그림이었을까. 한차례 회오리바람이 불고, 그녀의 머리 위로 산벚나무 하얀 꽃잎들이 사납게 흩어졌다. 출산 전 깡동하게 자른 머리카락은 부스스하고 화장기 없는 뺨은 분분히 흩날리는 꽃잎보다 창백했다. 그럼에도 불구하고 그녀는 물오른 나뭇가지마다 몽글몽글 번지는 새잎보다, 성급한 봄꽃보다 어릿어릿 눈부시게 찬란했다. 그의 가슴을 후벼 판 건 그녀의 병색이 아니라 그녀에게 어울리지 않는 수심(愁心)이었다.

찰칵, 찰칵, 찰칵. 그는 마구 셔터를 눌렀다. 잊을 수 없는 날이었다. 그날을 기념하고 싶었다. 교정의 느티나무가 연둣빛 어린잎을 뾰족뾰족 내밀기 시작한 사월의 평범한 금요일 오후를.

그녀가 기숙사 사감을 통해 그를 불러 내린 건, 정말이지 뜻밖의 사건이 아닐 수 없었다. 가뜩이나 그녀는 몸을 푼 지 한 달이 채 되지 않은 어린 산모였다. 아직 바깥출입을 하기에는 이른 때였다. 겨울 외투로 헐거워진 몸을 감싸고 있긴 해도 천지 사방 의지가지없이 되어 맞선 서릿바람을 온전히 가려주지는 못했으리라.

　—넌 어때? 너도 손안에 돌멩이를 쥐고 있어?

　찰나지만 그녀의 눈동자에 반짝, 노여움이 튀었다. 그는 할
말이 없었다. 어차피 답을 얻자는 질문이 아니었을 것이다.

　불과 이 년여 사이에 너무 많은 일들이 일어났다. 그녀는 생
의 가장 환희로울 순간을 가장 불명예스러운 순간으로 바꿔
놓음으로써 모두를 나락으로 끌어내렸다. 은탁의 아버지와 어
머니, 소정의 모친 안나, 특히나 베네딕도 신부와 아녜스 수
녀……. 당사자 못지않게 가까운 이들도 너무 큰 상처를 입었
다. 모두가 그 상황을 받아들이기 위해 저마다 전전반측의 날
들을 보내고 있던 터라 그녀의 심연에서 소용돌이치는 난기류
를 알아채지 못했다. 은탁도 마찬가지였다. 그 역시도 그녀가
벌여놓은 일을 이해하기 위해 안간힘을 쓰던 중이었으니까.

　소정이 자신의 앙가슴을 짚어 보였다.

　—그럼 던져봐. 힘껏.

　그가 카메라에서 눈을 뗐다. 그리고 말했다. 침몰한 여인에
게, 마스트의 깃발처럼 높이 서서.

　—벌써, 버얼써 던졌어, 힘껏. 저 먼 데서 나 몰라라 하고 있

을 어떤 인간한테. 정말 그 먼 데서 나 몰라라 하고 있을 인간
밖에 안 되는 인간이라면 돌멩이, 제대로나 날아가 박혔으면
좋겠다 싶어서 힘껏. 짱돌에 간장독 터지는 것처럼 머리통 깨
졌으면 좋겠다 싶어서 힘껏. 그러니까 이제 그 먼 데서 꽁무니
감추고 있는 인간 그만 편들었음 좋겠다. 자기 자신 편만 들었
음 좋겠다. 엄마니까. 엄마가 됐으니까.

소정이 벤치에서 힘겹게 몸을 일으켰다. 이어 중심을 잃고
휘청했다. 그가 얼른 달려가 그녀를 부축했다. 그녀가 그의 손
등을 토닥토닥하며 말했다.

―고마워. 안 잊을게. 죽을 때까지 안 잊을게. 죽어서도 안 잊
을게.

그날, 그는 소정을 마지막 본 사람이 되었다. 누군가를 마지
막으로 본 사람이 되고 만, 죽을 때까지 잊을 수 없게 된 첫 번
째 하루는 그렇게 찾아왔다.

*

린이 사진이 든 봉투를 품에 안고서 문득 정색을 했다.

"감사해요, 아저씨. 이 모습, 이렇게 볼 수 있게 해주신 거요. 없애지 않고 남겨주신 거요. 내게 전해주신 거요. 고맙습니다, 전부 다요. 안 잊을게요."

"린 거, 린에게 준 거야. 고맙다니 내가 고맙고."

은탁은 커피 가루를 쏟아내고 빈 잔과 드리퍼와 서버를 하나씩 부셔냈다. 눈을 감고도 할 수 있을 가벼운 일거리를 짐짓 느릿느릿, 짐짓 진지하게.

린은 자리를 뜨지 않고 주방과 홀을 가르는 바 테이블에 턱을 괴고 앉아서 대수로울 것도 신기할 것도 없는 그의 동선을 눈으로 좇고 있다. 그도 그녀의 살뜰하고 끈기 있는 눈길이 싫지 않았다. 그녀가 더는 볼일 없어진 사람처럼 훌쩍 자리를 떠버린다면 서운하지 싶다. 7그램의 평화로운 커피 향이라고도 말할 수 있을 것 같은 미묘한 감정이 그의 이마를 간질였다.

이 설레는 평온의 시간이 얼마나 갈까. 염치없는 희망이 생기기 전에 린이 제가 떠나온 곳으로 돌아갈 시간이 먼저 오기를 희망하는 수밖에.

"좀, 신기하다."

그가 뒷정리를 마치자 그녀가 기다렸다는 듯이 말했다.

붓끝으로 가늘게 뺀 난(蘭)잎 초리 같은 외까풀 눈매. 웃을 때 얕게 패는 보조개. 그녀는 저를 세상에 내어준 이와 꼭 들어맞는 닮은꼴이다. 틀어 올린 머리카락과 하얀 목덜미는 경이롭기까지 하다. 그는 과거와 현재를 오가는 광속 시간벨트에 올라탄 듯 멀미가 났다. 신기한 건 그녀가 아니라 그 자신이었다.

"여기가 누가 누가 살았던 곳이라니 말예요. 그래서 여기가 편한가?"

"린도 여기서 태어났으니까."

그 말에 린이 눈을 반짝 빛냈다.

"그럼 아저씨, 나 여기 살아도 돼요?"

은탁은 화들짝 놀랐다. 누군가 노크도 없이 제 방문을 벌컥 열고 들어와 알몸을 보아버린 것 같았다.

"안 돼. 린은 일도 안 하고 돈도 못 버는데 무슨 수로 방값을 대나?"

"설마! 나한테 방값 받아 재벌 되시려고?"

"그럼. 여행자 마린은 엄연히 우리 집 손님이야. 기왕이면 공정여행 마인드로 지역경제발전에 이바지하면 좋잖아."

"좋아요. 그럼 일 시켜줘요. 숙식 제공으로."

"린이 할 일은 없어. 여릿여릿 게으른 공주과라 할 수 있는 일도 있을 것 같지 않고."

"아, 좋아, 좋아요. 읍내에 가서 알바 뛰고 돈 벌고, 잠은 여기서 자고. 오케이?"

"노! 네버! 네버! 네버!"

은탁은 필요 이상 단호하게 고개를 저었다. 어느새 가볍게 두방망이질치는 심장박동을 가라앉히기 위해. 그리고 린을 위해.

"우와, 배신감 돋네. 나 성가셔요? 별로 그랬던 거 같지 않은데, 아닌가?"

"린도 할 일이 있잖아. 엄마도 돌봐드려야 하고, 공부도 계속해야 하고."

"거, 무슨 말이 앞뒤가 영 안 맞잖아요. 공부 계속하려면 뉴욕으로 건너가야 하는데 그럼 엄마는 혼자 남게 되지. 뭐, 우리 엄마는 혼자 씩씩한 여인이었긴 하지. 아마조나스의 여전사."

린이 어깨를 으쓱하더니 낱개 포장된 각설탕을 하나 까서 입에 넣었다.

"으으 달아!"

"몸서리치면서 달다는 설탕은 왜 먹니?"

"팍팍 살찌우려고요. 일자리 구하려면 체중부터 늘여야 될 것 같아서요. 설탕은 돈 안 받죠? 돈 좋아하는 아저씨!"

은탁은 피식 웃었다. 조금씩 조금씩 쓸쓸해졌다. 꿈속의 꿈에서나 가능한 꿈이, 지금, 백일몽으로 찾아왔다.

오래전 그는 바닷가 빈터에 해당화 못 그루를 심고 싶었다. 색색 파라솔처럼 활짝활짝 벌어지는 양귀비꽃 언덕을 만들고 싶었다. 안개와 소나기와 햇빛과 먹구름과 소금기 가득한 바람이 지나가며 잎을 틔우고 꽃을 피울 수 있도록. 하늘하늘 연한 꽃 진 자리 열매 익으면, 눈동자처럼 까맣게 야문 씨를 받을 수 있도록.

그는 눈을 부릅떴다. 그토록 헛되고 헛되고 헛된 꿈일랑 몰아내야 한다.

굿바이, 첸

부재중 전화 다섯 통. 사이사이, 문자메시지 여섯 건.

―왜 전화 안 받아? 뭐 하느라?

―아픈 건 아니지?

―아픈 거야?

―도와줘. 신경 쓰여 연습에 집중할 수 없어.

―전화를 받든지, 답장을 하든지. 나 미쳐가고 있어!

―제발! 제발! 제발!

린은 첸에게서 온 여섯 건의 문자메시지를 삭제했다. 페이스북 계정은 휴면 상태. 이메일은 수신 불량. 그러니 답답한 그가 매번 샘을 판다. 수원(水源)은 마르고 수직 흙벽을 기어오르는 메아리조차 없는데. 레퍼토리 연습만으로도 손가락에 쥐가 날 법한데. 냉정하게 말하면, 지겨워.

린은 첸의 보챔이 딱하고 한심스러웠다. 곰곰 짚어볼수록 작금 징징거려도 될 상황에 처한 쪽은 그가 아닌 자신이다. 졸지에 아버지를 잃었고, 스무 해 남짓 짧은 인생은 온통 미스터리가 되었다. 자신이야말로 무슨 짓을 해도 정상참작을 기대할 수 있는 타격을 입은 것이다.

더군다나 그는 모든 면에서 자신보다 조건이 월등 좋은 '엄친아'다. 출생의 비밀이 없는 게 확실하고, 물려받을 재산도 이변이 생기지 않는 한 상당할 게 분명하고, 발군의 재능으로 승승장구하고 있고. 우아하면서도 섬세한 눈짓 손짓 몸짓은 클래식 아티스트로서 손색이 없고. 물론 꼭 그래야 한다는 건 아니지만, 비단 위에 꽃을 더 얹었다고나 할까. 말하자면 그렇다는 뜻이다.

항상 주목을 받아온 데다 떠받들려만 살아와서 자기중심적으로 형성된 성격은, 그가 가진 여러 장점과 강점들에 비하면

옥에 티에 불과했다. 적어도 서로가 한 도시에 머물렀던 동안
에는.

*

"손은 됐다 어디다 써?"

전화를 받자마자 첸이 대뜸 울화를 터뜨렸다. 린은 그 당장
심기가 꼬였다.

이게 어디다 대고? 매달리는 쪽이 약자라는 사실을 잊은 모
양이지?

그래도 린은 인내심을 발휘했다. 너그럽게, 너그럽게.

"체엔. 네 손은 연주와 발신 겸용이고, 내 손은 식사와 수신
겸용이고. 때로는 전원을 끌 때도 사용해. 끌까?"

"제발 좀 못되게 그러지 마. 이번 주에도 넌 나한테 전화 한
번 안 했어. 한국에 가더니 잔인해졌어."

"먼저 전화 안 했다고 잔인하다는 거야? 아예 전화를 받지 않
으면 킬러라고 하겠네, 거의?"

"그래. 넌 에브리데이 날 죽이고 있어. 이번 주만 그런 게 아
니잖아. 한국으로 돌아간 뒤 네가 먼저 전화한 적이 단, 단, 단,

한 번도 없었다구. 그러고도 전혀 반성을 안 해. 알아?"

"그랬구나."

그녀가 심드렁하게 맞받았다. '반성'의 기미도 없이. 한계에 다다랐는지 첸이 씩씩거리며 도무지 그의 것이라고 상상할 수 없는 단어를 씩씩하게 날려 보내왔다.

"나쁜 년! 도둑년!"

우와, 제법인데! 린은 그의 타락이 재밌기도 하고 귀엽기도 했다. 그녀가 웃음을 참으며 물었다.

"누가 너한테 그런 욕을 가르쳐줬어?"

"엄마한테 배우지, 누구한테 배워? 나쁜 년, 나쁜 년."

그의 퉁명스러운 말투에 우쭐해하는 기분이 더해졌다. 연주회 걱정은 하지 않아도 되겠다.

아닌 게 아니라 예전에 첸 자신도 연습 때와 연주 때가 확연히 다르다고 고백한 바 있다. 연습에 연습을 거듭해도 불안불안해 죽겠는데 막상 바이올린과 활을 들고 무대에 오르고, 머리 위에서 빛나는 원반이 강림하면, 스위치가 켜지듯 유리 심장이 강철 심장으로 전환된다는 것이다. 불이 꺼지고도 산발적으로 터지는 잔기침이나 부스럭거리는 소음이 신경을 긁긴 하지만 신중하게 첫 활을 긋는 순간, 객석조차 밤하늘의 성운처럼 아득해지면서 오로지 지휘자와 오케스트라에만 집중할 수 있다고 했다.

누가 누구를 걱정하랴. 린은 목청을 높였다.

"나쁜 놈보다 더 나쁜 놈은 시시한 놈이야. 스페셜 스테이지를 앞두고 있는 귀하신 몸이야, 넌. 시간 낭비하지 마. 손가락 보험까지 들어둔 뮤지션이 전화 걸고 받는 따위에 힘을 빼서야 되겠어?"

그녀는 켕기는 속을 얼버무리기 위해 한 번 더 오금을 박았다.

"시시해지지 말라고. 널 위해서도, 날 위해서도."

뉴욕을 떠나올 때 관계 초기화를 명확하게 했어야 됐다. 하기야 그땐 그녀가 제정신이 아니었다. 그 대목에서 그녀가 고개를 갸웃했다.

아니야, 이건 책임 회피. 그 와중에 재회의 가능성을 밑장으로 깔아둔 건지도. 대체 내가 원하는 게 뭘까. 그의 마음? 그의 커리어?

린은 솔직해질 필요가 있다고, 여지를 주는 태도는 옳지 않다고 생각했다. 그런데 생각이 생각처럼 잘되지 않아 또 한숨이 났다. 첸도 한숨을 폭폭 쉬었다.

"플리즈, 린. 난 매우 매우 매우 진지해."

린은 첸의 몸에든 마음에든 그 어딘가에든 자신이 은밀히 숨겨둔 가능성의 밑장을 빼기로, 쫙쫙 찢어 없애기로 결심했다.

"쏘리, 첸. 난 너랑 진지해지고 싶지 않아. 쏘 쏘 쿨, 해지고 싶어. 진짜 진심."

첸은 얼마 동안 말이 없었다. 린도 묵묵히 기다렸다. 잠시 후 그가 침묵을 깨고 사납게 물었다.

"날 잊은 거야? 아니, 잊겠다는 거야?"

"첸. 난 널 잊지 않아. 넌 좋은 친구고 훌륭한 바이올리니스트야. 그러니까 널 잊을 이유가 없어. 난 네가 자랑스러워."

"우우, 그런 말은 엄마나 누나가 하는 말이야. 경주마한테 주는 당근 같은 거지. 너한테까지 그런 말 듣고 싶지는 않아."

"그래? 그럼 쏘리. 더 이상 해줄 말이 없네."

"오케이. 마지막으로 묻는 거야. 더 이상 날 사랑하지 않아? 진짜 그래?"

첸이 매달리는 것도 항의하는 것도 아닌, 평소답지 않게 착

가라앉은 목소리로 물었다. 새 레퍼토리를 앞에 놓고 뚫어져라 음표와 악상기호를 내려다볼 때나 보이던 심각한 모습. 린도 최대한 냉정해져야 했다.

"첸. 정말 정말 미안하지만, 난 널 사랑하지 않아. 잠깐 착각 했던 건지도 몰라. 이건 사랑이다, 열심히 노력했던 적도 있어. 그게 잘 안됐을 뿐이야. 미안. 날 욕하고 싶으면, 해."

한 박자 숨을 고른 다음, 그가 물었다.

"다른 사람 만나?"

"그런 거 아냐."

"다른 사람 만나냐고?"

"그게 아니라니까."

그녀는 저도 모르게 언성을 높였다. 와중에도 황급히 손을 내젓기까지 하는 자신이 우스꽝스럽다는 생각을 했다. 아, 이런.

"날 사랑하지 않는다는 말은, 믿고 싶지 않지만 그럴 수는 있 겠다고 생각해. 네 감정이니까. 다른 사람이 생기면 언제든 날 떠나지 않을까, 나도 항상 불안했으니까. 그렇지만 거짓말은 하지 말아줘. 나, 바보 아니야. 바보는 너지. 즉흥적이고 못돼먹었고 싫증도 잘 내. 변덕쟁이."

이번에는 그녀가 입을 닫았다. 어떤 그럴듯한 말로 포장해도 결국은 서로에게 상처로 남게 되리라. 얼버무림으로 본질을 덮지는 말아야 했다. 어렴풋이나마, 예의를 다하지 않은 사랑이 어떻게 파국으로 치달았는지 그녀는 지금 알아가는 중에 있지 않은가.

"넌 거기서도 곧 짜증을 낼 거야. 후회할 거고, 내가 너에게 줄 수 있는 게 얼마나 많은지 깨닫게 될 거고, 나한테 돌아오고 싶어질 거야. 난 그때까지 기다릴 거야."

첸이 이를 악물었다. 그가 꼭 하고 싶은 말이었을 것이다. 자의식의 돌출을 인내심으로 가린들 달라질 건 없는데. 자존심을 건 사랑은 자기애일 뿐인데.

"난 너에게 안 가. 난 아무 데도 안 가. 그냥 나인 채로, 내가 있어야 할 곳에 남을 거야."

첸에게라기보다 린이 스스로에게 건네는 주문이었다. 그가 화를 누른 채 나직이 내뱉었다.

"바보. 멍청이."

그러고는 전화를 끊어버렸다. 그쪽에서 전화를 끊은 건 이번이 처음이었다.

린은 서늘한 단절감을 느꼈다. 코끝이 알싸해지고 명치 부근이 뻑뻑해지는 이 알 수 없는 기분은 뭔가. 대형 트럭이 휙휙 지나다니는 갓길에 홀로 남게 된 것 같은 이 감정은 뭔가. 엉뚱하게도, 뭔가 쓰디썼다. 서운했다. 아무튼, 허전했다.

그녀는 쓰거움과 서운함과 허전함이 어떻게 한통속인지, 어떻게 이질적인지 고민하기 시작했다. 답이 나오지 않았다. 린은 코맹맹이 소리로 중얼중얼 혼잣말을 했다.

바보 멍청이는 너야. 그리고 넌 날 사랑하지 않아. 선수를 뺏겨서 화가 난 거지. 그래도 미안. 날 길게 미워하지는 마. 난 내가 사랑해야 할 사람들을 사랑할 거야. 내가 붙잡히고 싶은 곳에 있을 거야. 떠나지 않을 거야. 이제부터라도, 오래오래.

*

최선을 다하지 못한 사랑은, 그래서 사랑이라고 부를 수 없는 사랑은 영혼의 내벽에 동굴벽화처럼 지울 수 없는 흔적을 남긴다. 한없이 한없이 아프고 저민 사랑만이 선명한 칼자국으로 남는 것이 아니다.

린은 첸과 관련된 모든 기록들을 차례로 지워나갔다.

휴대전화에 저장된 그의 전화번호. 그와 주고받은 오래된 메시지들. 그와 다녔던 레스토랑과 콘서트홀과 아트숍 들의 팸플릿 이미지와 연락처들. 그곳에서 일하던 낯익은 스태프의 표정과 농담들.

이메일 계정에 남아 있는 둘만의 메일들을 영구히 삭제할 때는 시간이 좀 걸렸다. 삭제 키를 누르기 전 그녀는 보관함의 편지들을 한 번씩 더 읽었다. 천천히, 후회하면서 안타까워하면서 낯 붉히면서. 그녀가 한국으로 돌아온 뒤 그가 보낸 읽지 않은 편지들은 열어보지 않은 채 그대로 날려 없앴다.

마지막으로 사진들……. 사진들은…… 훨씬 시간이 걸렸다.

첸을 잊는 데엔 훨씬 더 긴 시간이 걸릴 것이다.

린은 노트북을 덮었다. 서쪽 창에 쳐두었던 커튼을 젖히자 잔광이 사정없이 들이쳤다.

하지(夏至). 일 년 중 낮의 길이가 가장 길다는 하루.

낮고 깊게 들이치는 오후의 햇살은 대책이 없다. 몸 안의 물기를 깡그리 말려버릴 것처럼 집요하다. 저기, 해안로를 가로질러 방파제 쪽으로 달리고 있는 나무물고기 주인장의 뒷모습이 보인다. 오늘은 조금 이르다.

—일몰을 놓치지 마세요.

그를 볼 때마다 그 말이 생각났다. 해가 지려면 아직 멀었다. 그녀는 창가에서 돌아서다 그가 건네준 사진 속 여인과 눈이 마주쳤다.

오늘은 무슨 말인가 듣고 싶어 하는 얼굴이네. 그래요?

린은 벽 쪽으로 돌려놓았던 액자를 원래대로 돌려세우고 침대에 올라앉았다. 무릎에 턱을 받치고 두 팔로 다리를 감싸 안은 채 그림 속 여인과 사진 속 여인에게 말을 걸었다.

누구세요, 당신?

아빠가 한때나마 아꼈던 당신. 완벽한 나날을 꿈꾸었을 당신. 사생아의 딸로 태어나 사생아를 태어나게 한 당신. 책임지지 않은 당신. 사람이 사람을 사랑한다는 일이 얼마나 외롭고 쓸쓸하고 무서운 일인지 너무 늦게 알았을 당신. 눈에 귀에 몸에 저장된 기억들을 지우기 위해 날마다 일몰의 시간을 달리는 남자가 흠모했던 당신. 나쁜 당신. 가여운 당신.

나 알아요? 당신은 날 아나요?

린은 떨리는 입술을 앙다물었다. 그림 속, 사진 속 여인의 스무여 해가 파노라마처럼 지나갔다. 자신이 결코 알지 못했던 아빠의 가벼움과 무거움, 그만큼 필사적인 붓질로 모욕의 밤들을 건넜을 엄마의 심연의 어두움과 소음들이 여인의 짧은 생에 중첩됐다.

린은 두 무릎 사이에 고개를 처박았다. 모두를 위한 애도의 시간이 필요했다.

눈먼 사랑법

날빛이 흐리다. 습도가 높아 살에 감기는 바닷바람도 후텁지근하다.

은탁은 요 며칠 달리기를 건너뛰었다. 본격적인 장마가 시작되면 또 어쩔 수 없이 달리기를 쉴 수밖에 없다. 그 전에 부지런히 몸을 움직여둘 필요가 있겠다 싶지만 평소의 절반을 달리기도 전에 겨드랑이가 흥건해지고 셔츠가 등짝에 척척하게 달라붙는다. 짧은 준비운동에도 땀이 배는 날씨 탓만은 아닐 테다.

은탁은 어제 양로원의 두 노인에게 다녀왔다. 린이 오고는 첫 방문이었다. 십 년 전 췌장암으로 아버지를 급히 보낸 뒤 어머니가 자진해서 요양병원 시설을 갖춘 양로원으로 거처를 옮긴 건 그예 정신줄 놓은 안나 때문이었다.

안나는 딸이 죽고 나서부터 식복사 직분만이 아니라 아예 성당과 인연을 끊었다. 있으나 마나 한 담장을 사이에 두고 베네딕도 신부와 아녜스 수녀와도 말을 섞지 않았다. 오라버니처럼 올케처럼 의지하던 은탁 아버지 어머니가 어르고 구슬려도 미사 참례를 완강히 거부했다.

─성님. 천벌 받을 소린 줄 알지만서두, 내 함 물어볼라요. 만약에, 만약에, 금쪽같은 성님 새끼 탁이가 잘못돼도 성님은 주님, 성모님, 하고 고개 숙여지겠소잉? 내 탓이요 내 큰 탓이로소이다, 하고 쩍쩍 갈라 터진 논바닥 같은 가슴팍 팡팡 두들겨지겠소잉? 연옥 지옥이 대수겠소? 이미 여게가 연옥 지옥인디. 이 세상이 저승인디. 난 마귀 사탄도 안 무섭소잉. 난 내 새끼 없는 이 세상이 제일로, 제일로 무섭소잉.

은탁 어머니는 끝끝내 안나를 버리지 않았다. 무정한 세월이 흘러 남편을 앞세우고도, 이농(離農) 이촌(離村)으로 교세가 줄어든 마을 성당이 군청 소재지 큰 본당으로 통합되어 나가고도 안나만은 지켰다.

—지내긴 어떠세요?

　—나야 고만고만허제.

　—안나 고모는, 많이 안 좋아요?

　—힘이 장사여. 아무도 어쩌질 못혀. 나헌티만 고분고분한께 한시도 눈을 뗄 수 있어야 말이제. 하느님 예수님 성모님, 제발 덕분 나보다 하루 먼저 데려가시면 좋을 턴디.

　은탁은 자신의 어머니에게도, 넋 나간 안나에게도, 소정의 딸이 제 발로 찾아왔다는 말을 편하게 꺼내지 못했다. 오래도록 금지된 이름이어서가 아니었다. 모두의 상처를 들쑤시는 일이어서가 아니었다. 또 한 사람의 소정인 린이, 또 한 사람의 소정인 안나를 이해하는 게 순서라는 생각이 들어서였다.

　그러나 어떻게? 그가 어머니에게 발설하기 어려운 것처럼 린에게도 입을 떼기 어려운 일임에는 분명했다. 좋은 해법이란 어차피 없다는 게 문제였다.

*

　린이 방파제 길을 천천히 걷고 있다. 몇 걸음 떼다 말고 길섶에 쭈그리고 앉아 지천으로 퍼진 풀꽃들을 하염없이 들여다보면서. 곡조도 가사도 알아들을 수 없는 노래를 흥얼거리기도 하면서. 우중충한 하늘과 경계가 불분명한 바다의 안부를 묻듯, 혹은 자신의 무사를 알리듯, 삽시간에 저 멀리 물러난 갯벌을 향해 두 팔을 흔들어대기도 하면서.

그때마다 후터분한 날씨에 상관없이 그녀가 여전히 목에 두르고 다니는 양귀비꽃빛 머플러가 속절없이 나부꼈다.

앗!

은탁은 하마터면 발목을 접지를 뻔했다. 연도(沿道)의 함성에 페이스를 놓친 아마추어 마라토너처럼. 가슴이 부푸는 건 잠시 잠깐이다. 행복감이란 행복의 불연속적 속성이 깨달아지는 순간 무지근한 통증으로 바뀌는 것을.

어린 시절 그는 교구 행사나 회의에 참석하기 위해 주교좌성당에 다니러 간 신부님이 돌아오기를 애타게 기다리던 때가 있었다. 눈에 띄는 아이들을 불러다 바닷가 마을에서는 구경하기 힘든 군것질거리를 한 주먹씩 쥐여주곤 했기 때문인데, 아무래도 미사 때 복사를 서는 그에게 쥐여주는 몫이 가장 쏠쏠했다.

열 살 어름, 그는 초콜릿을 야금야금 떼어 먹으며 느긋한 행복감에 빠지곤 했다. 달콤하면서도 쌉싸래한 카카오 맛을 즐겼다기보다 귀한 것이어서 한입에 홀랑 녹여 없애기 아까웠던 까닭도 있었고, 신부님의 각별한 애정을 받는 존재가 된 듯해 우쭐했던 이유도 있었다.

그는 반환점을 돌아 린과의 거리를 좁혀갈 때마다 그때의 초콜릿을 생각했다. 손톱만큼씩 떼어 혀끝에 올려놓을 때의 행복감과 점점 양이 줄어들어 손가락 한 마디도 남지 않게 되었을 때의 허무감이란.

그녀를 돌려보내야지, 하면서도 막상 그녀가 돌아간다고 하면 또 뭐라고 하나, 부질없는 고민을 안고 뛰느라 몸이 여간 무겁지 않다. 그가 달리기에 빠진 건, 달리다 보면 몸속의 물기와 함께 지리멸렬했던 시간들이 대기 중으로 증발하기 때문이다. 그러나 이제는 대기권의 수소 분자와 결합한 잡다한 욕망들이 모래질통처럼 그를 짓누른다.

그는 마지막 한 바퀴를 간신히 채우고 나서 제자리 뛰기를 했다. 린은 반환점을 겨우 한 번 돌아오고는 끝이다. 소나무 그늘 아래 벤치에 책상다리를 하고 올라앉아 멀어졌다 가까워졌다를 반복하는 그에게 눈길을 주었다 떼었다 하며 뭔가를 그리기 시작했다. 그가 숨 고르기로 호흡을 정리하는 동안에도 계속해서 색연필을 바꿔가며 그림에 집중하고 있었다.

"뭘 그리 열심히 그려?"

그녀가 그에게 스케치북을 넘겨주었다.

"이게 뭐야?"

그는 그녀와 스케치를 번갈아 쳐다보았다. 그녀는 어처구니 없어하는 그를 아랑곳하지 않았다. 오히려 아무렇지도 않게 되물었다.

"아저씨 그린 건데?"

"헐! 이게 나라고?"

"내 눈에 그렇게 보였으면 그런 거지, 뭐."

"그래도 어째 이건 아닌 듯싶은데? 영장류 근처에도 안 가잖아?"

린이 그려 내민 건 엉뚱하게도 물고기였다. 그것도 특징을 잡아 쓱쓱 스케치한 캐리커처가 아니라 비늘과 지느러미까지 세세하게 떠낸, 탁본에 가까운 물고기 세밀화.

"그냥, 헤엄치지 못하는 물고기. 그러니까 그냥, 나무물고기. 스스로를 그렇게 형상화한 거 아니었어요?"

은탁은 실소를 금치 못했다. 발이 묶인 유목민, 떠나지 못하는 여행자, 그런즉 물 밖으로 나온 물고기. 그래, 심중에 떠도는 나의 말이긴 하다만…….

"뭐, 아님 게스트하우스 로고 이미지로 쓰시든지. 지금 건 영 아니던데. 작품료는 밥값 방값으로 통 치자고요. 아저씨가 내 돈을 안 받겠다니 뭐라도 해야지 했는데 잘됐다."

하루 이틀 미뤄서 될 일이 아니었다. 은탁이 다짜고짜 물었다.

"밥값 방값은 됐고, 가게 로고도 됐고…… 안 갈 거야?"

"어딜요?"

"집. 서울. 학교. 어디든 네가 있어야 할 곳."

린은 은탁의 손에 들린 스케치북을 낚아채더니 색연필 케이스와 함께 크로스백에 쑤셔 넣었다. 그러고는 그의 눈을 빤히 올려다보며 물었다.

"아저씨, 우리 아빠 본 적 있어요?"

그의 말문이 콱 막혔다. 예상치 못한 질문, 답할 수 없는 질문이었다.

"어, 완전 당황! 본 적 있나 보다. 언제요? 언젠데요?"

그 사내를 안다고 할 수 없으니, 보았다고 한들 무슨 의미가 있을까. 은탁은 병에 반쯤 남은 생수를 벌컥벌컥 들이켰다.

*

소정을 아주 멀리 보내기 전에 딱 한 번, 은탁은 그녀의 애인, 훗날 린의 아빠가 될 남자를 본 적이 있었다. 먼발치에서, 그것도 유리문에 붙여놓은 부, 령, 반, 점, 인줏빛 낱글자 사이로.

은탁 쪽에서만 직감적으로 알아본 일별이어서 보았다고 말하기에는 애매한 마주침이었다. 넉넉한 허우대와 갖춰 입은 태가 나는 차림새뿐, 이목구비를 식별할 수 있는 각도도 아니었던 일방적인 목격. 소정을 눈먼 사랑으로 인도했을 그 남자는 그녀를 먼저 발견하지 못했더라면 은탁의 주의를 끌지 않았으리라.

소정은 방학 기간에도 한 며칠 건성 지내는 척하다가 이런저런 핑계를 대고는 서울로 올라가버리곤 했는데, 그 당시엔 무슨 일론가 시골집에 내려와 있었다. 변명이나 사과를 해야 할 일이 생겼던지, 여하튼 그 사내가 뒤따라 내려와 그녀를 읍내로 불러낸 모양이었다. 그때 이학년이던 은탁은 선후배들과 사진부 아지트로 삼아온 부령반점 뒷방에서 짬뽕에 고량주를 말아먹고 나서던 참이었다. 도내 관광자원을 홍보하기 위한 사진 대회에서 학생부 단체 금상을 거머쥔 기념 뒤풀이가 거기서 있었기 때문이었다.

소정은 그다음 날 일찍 서울로 되올라갔다. 내려올 때처럼 급작스러운 상경이었다. 그즈음엔 어느 누구도 그녀의 휑한 행보에 대해 입을 대지 않게 되었다. 은탁은 그 전해 공중전화 부스 안의 그녀를 보았을 때처럼 이번에도 사내가 읍내에 나타났던 일을 발설하지 않았다.

하나 그들의 밀월은 오래가지 못했던 듯했다. 소정이 헐렁한 오버코트로 점점 불러오는 배를 감추고 나타난 건 그해 겨울이었다. 크리스마스가 지나고 새해를 이틀쯤 앞둔 날이었다. 연말연시의 분주하면서도 성찰적인 분위기는 소정의 이실직고가 아니더라도 단박에 사태를 짐작한 안나의 숨죽인 통곡으로 급격히 가라앉았다.

안나는 몇날 며칠 은탁 어머니가 끓여 방으로 들여준 바지락 죽 한 사발조차 넘기지 못했다. 안나는 벽을 보고 드러누운 채 입을 닫았다. 이따금 화닥증을 이기지 못해 벌떡 일어나 동치미 국물을 벌컥벌컥 들이켜거나, 그렁그렁 숨 찬 소리로 내 탓이요 내 탓이요 내 큰 탓이로소이다…… 벙어리 냉가슴 앓듯 제 가슴골을 탕탕탕 쳐댔다. 안나는 굳센 망치로 뚜드럭인 바람벽처럼 금방이라도 허물어질 것만 같았다.

은탁의 어머니와 아버지는 무기력한 한숨을 교환할 뿐, 어떠한 대책도 내놓지 못했다. 하긴 어떤 대책을 세울 수 있으랴. 베네딕도 신부는 불 꺼진 본당에 앉아 오래도록 제대의 십자고상을 바라보았고, 아녜스 수녀는 초를 밝히고 한 알 한 알 묵주를 넘기며 로사리오 기도를 바쳤다. 결론은 잉태의 순간에 내려졌다. 선택의 여지가 없었다.

—뭔가, 하느님의 뜻이 있겠지요.

베네딕도 신부도, 아녜스 수녀도, 은탁의 어머니 마리아 자매와 아버지 요한 형제도 같은 말을 되뇔 뿐이었다. 그것으로 저마다 할 일을 했다.

이듬해 봄 소정은 여자아이를 낳았다. 마음졸임이 심했던 탓인지, 아기는 체중도 키도 평균에 못 미친다고 했다. 모두들 신생아의 건강과 발육을 염려하는 사이, 저마다 입은 상처에서 소생하느라 급급한 사이, 소정이 홀연 모습을 감추는 일이 터졌다. 그제야 사람들은 처음으로 자신들보다 소정이 비극의 주인공이라는 사실을 깨달았다.

그 위험한 사랑은 하느님의 뜻이었을까. 하느님의 뜻을 거스른 인간의 자유의지였을까. 종내 투신으로 이어지고 만, 죽음보다 깊은 우울은 하느님의 뜻이었을까. 불손 부정한 인간의 허락되지 않은 선택이었을까.

─면목 없습니다. 제 잘못이 큽니다.

너무 늦게 나타난 남자가 깊이 고개를 조아렸다. 은탁은 그때 남자를 가까이서 보았다. 소정이 사라지고 난 뒤 보름이나 지나서 갯벌로 떠밀려온 그녀를 발견하고 장의 절차를 밟게 되었을 때였다.

검정 양복을 갖춰 입은 남자는 사람들이 보는 앞에서 눈물을 보이지는 않았지만 눈자위가 붉었다. 영결미사가 끝난 뒤 소정의 아이를 품에 안은 남자의 표정은 어설프기 짝이 없었다. 보는 사람마다 쯧쯧 혀를 찼다. 은탁이 정말 놀라웠던 건 아무도 그 남자의 멱살을 잡고 흔들지 않았다는 사실이었다. 그는 부들부들 떨리는 주먹을 꽉 쥐고 남자를 노려보았다. 그뿐이었다. 그 역시도 무슨 말을 할 수 없었다.

*

"말하기 싫음 관두구요. 나도 꼭 알고 싶지도 않구요. 그보다, 아저씬 우리 아빠랑 참 달라요."

은탁으로선 또다시 옆구리를 찔린 기분이다. 뜬금없이, 아빠라니. 눈앞에 나타나기만 해봐라 짱돌로 머리통을 깨주마, 했던 위인과 비교를 당할 줄이야.

"난 우리 아빠가 어떤 사람이었는지 진짜 모르겠어요."

"이젠 날더러 린 아빠를 찾아달라고?"

"그냥 아저씨가 내 아빠였으면 어땠을까 하고. ……안 되나?"

"린은 정말 사람 진땀 나게 하는 재주가 있구나. 린이 이 세상에 나왔을 때 난 고등학생이었다. 고삐리, 고딩. 아빠가 되기엔 너무 이르다고 생각되지 않니?"

"뭐, 아저씨도 나름 조숙했던 거 같은데. 아니에요?"

은탁은 헛웃음을 짓고 말았다. 도저히 어찌 해볼 수 없는 아이가 아닌가.

그새 멈칫멈칫하던 여름해가 바닷속으로 자취를 감추었다.

은탁은 린과 나란히 조금씩 사위가 어두워지고 있는 둑길을 걸어 나무물고기로 돌아왔다.

아무도 모르게, 작별

Gracias a La Vida! 생이여, 고마워요.

그 사고가 있기 전, 은탁은 떠나는 일이 일상이 된 삶에 만족했다. 특히 남미행 일감이 잡히면 출장지가 아르헨티나가 아니더라도 자연스럽게 메르세데스 소사의 노래가 입에 붙었다. 항공편과 숙소를 예약하고, 현지 정보와 자료를 검색하고, 인천공항 출국장에서 보딩패스를 손에 쥔 채 게이트가 열리기를 기다리기까지 거의 무의식적으로 'Gracias a la vida! Gracias a la vida! Que me ha dado tanto……'를 흥얼거리곤 했다.

누구라도 그러하듯이 그에게도 아프고 먹먹하고 불서러운 일들이 지나갔으며, 또 올 것이었다. 사랑하는 사람들을 영영 떠나보내는 일들을 이미 겪었으며, 앞으로도 몇 번은 더 겪게 될 터였다. 조심조심 발밑을 살피며 사노라면 환한 꽃길은 아닐지라도 드문드문 팝콘처럼 터지는 파안대소의 순간도 찾아올 것이었다.

괜찮아, 괜찮아. 썩 훌륭하지 않아도 괜찮아.

그는 세상의 각(角)에 자신을 맞추기도, 호주머니 속 송곳처럼 자신을 드러내기도 귀찮고 싫었다. 어차피 여권이나 운전면허증과는 다르게 재발급이 불가능한 삶, 애면글면 않기로 했다. 붙들리지 않고 매이지 않고 홀리지 않기로 했다. 홀홀 두 발로 머나먼 낯선 '도시와 시골길, 해변과 사막, 산맥과 평원, 집과 거리와 정원'들을 순례하며 '생이여 고마워요!'에 중독되는 것으로 충분하다고 생각했다. 불운하지만 불행하다고 말하지 않는 사람이 그러하듯, 쓸쓸하지만 슬프다고 말하지 않는 사람으로 살면 된다고 생각했다.

그래, 그냥 그렇게 흘러가기로 했다.

*

혜란은 달랐다. 그녀는 명료한 삶을 원했다.

구체적이고 통속적인 삶. 가족이라는 이름의 아군을 확보한 삶. 남들이 하는 것을 뒤처지지 않게 하며 사는 삶. 평균치에 근접한 삶. 가볍디가벼운 봄날의 벚꽃잎처럼 착지하지 못한 채 공중을 부유하지 않는 삶. 화단의 토마토 지지대처럼 대지에 곧게 뿌리박는 삶. 가령, 발코니 난간에 붉은 제라늄 화분을 내걸고, 김칫국물이 튄 식탁보를 때맞춰 갈고, 하이글로시 장롱에 다림질한 옷가지들을 가지런히 수납하는 삶. 그리하여 햇살 바른 창가에서 갓 내린 커피를 홀짝이다가 그저 이유 없이 가슴 뭉클해지기도 하는, 지극히 평범하고 소박한 일상으로 직조한 삶.

그녀는 자신이 그린 미래의 날들에 긍지를 가졌다. 기다리고 기다리면 언젠가는 그런 날이 찾아오리라, 믿어 의심치 않았다. 평범하고 소박한 일상의 성취가 얼마나 희소한 운명의 특혜로써만 가능한지, 얼마나 무모한 희망 사항인지, 또 얼마나 비범한 우연성의 결합체인지, 한 번도 회의하지 않았다. 안타깝게도 그녀의 독실한 인내심은 정교한 배반으로 점철된 생의 이면을 통찰하지 못했다. 그녀는 순진했다. 약속되지 않은 약속을 위해 고군분투했다.

난 작은 것으로 족해. 그를 보내고, 기다리고, 모닝콜을 하고, 굿나잇 메시지를 날릴 수 있고. 그러니 불안해하지 마. 나 어때? 예뻐요, 미워요? 떠보는 말 따위, 누굴 만나요? 언제 와요? 뭔가 캐내려는 눈짓 따위, 그런 짓은 당연히 금물. 서른, 자존심은 지켜야지.

그럼에도 불구하고, 혜란에게도 불안의 시기가 도래했다. 기다리고 기다리는 시간의 종료는 요원한 듯했다. 날이 갈수록 모래알갱이가 통과해야 할 구멍은 비좁아졌고, 모래의 양은 야속하게 늘어만 갔다. 그녀는 탄성을 잃은 고무줄처럼 제자리로 돌아가지 못하는 자신의 마음을 읽었다. 이제껏 그녀는 세상에 통용되는 기준을 끌어와 그가 흔들려야 한다고, 그게 옳다고, 그렇게 되게 하리라고, 은밀히 장담했었다.

그러나 그는 흔들리지 않았다. 영원히 흔들리지 못할 것 같았다. 요지부동인 사람을 주저앉히려 그 긴 세월을 탕진했다니. 많이 늦었지만, 그녀는 자신의 오류에 직면했다. 어쩌나, 자신이 흔들릴 수밖에 없었다. 그러고도 그녀는 몇 번 그 기회를 놓쳤다. 어쩌면 망설임이었을 것이다. 움직이는 데에는 기다릴 때보다 더 큰 결심이 필요했으니까.

혜란은 은탁이 맡긴 카메라가방과 기내용 캐리어를 물끄러미 내려다보았다. 그의 진정한 반려는 그것들이었다.

한 시간 전쯤, 그를 픽업해서 출근시간대의 도심을 벗어나 인천공항으로 차를 운전해올 때 그녀는 뒤늦게 고개를 갸웃했었다.

—힘들게 그럴 것 없어. 공항버스를 타면 돼.

그가 언제부터 그 말을 하지 않게 되었더라? 물론 그가 부탁하기도 전에 그녀 쪽에서 데려다주겠다고 선수를 쳐왔었지만.

전날 늦게까지 술자리에 붙들렸다더니 그는 어느새 가볍게 코를 골며 잠에 빠져 있었다. 그때였다. 그가 당연히 여기게 된 일이 실은 당연히 여기게 해서는 안 되는 일이라는 각성이 그녀에게 찾아왔다. 그러자 몇 차례 미루었던 결심이 섰다.

당신을 픽업하는 일은 이번으로 끝. 무의미한 해바라기는 오늘로 끝. 간단하네 뭐.

수속을 마친 은탁이 보딩패스를 흔들어 보이며 그녀 쪽으로 걸어오고 있었다. 그녀가 얼른 낯빛을 고쳤다.

"바래다줘서 고마워. 돌아와서 밥 살게."

그는 최선을 다해 그녀에게 사례했다. 나날이 기량이 진화하는 사회성 3할, 태생적 뻔뻔함을 안면에 장착하지 못한 자의 지질한 양심 3할, 나머지 고지식한 진심 4할로 구성비를 맞추었다. 그녀가 원하는 대답이 아니라는 걸 알았으면서도.

　"맨날 먹는 밥."

　그녀가 질린 얼굴로 쏘아붙였다.

　"알았어. 술 쏜다. 멤버, 주종, 장소 올 너 좋을 대로."

　굳이 하지 않아도 될 '멤버'를 앞쪽으로 깔았으니 이 또한 그녀가 원하는 대답일 리 없었다. 어쨌거나 미안한 노릇이었다. 그런데도 확실한 선언으로 그녀를 돌려세우지 못하고 어정쩡한 태도를 취해온 건 명명백백 비열한 짓이었다.

　가해자가 되고 싶지 않은 거지. 위선자.

　"이번엔 얼마나 걸려요?"

　"아무래도 좀 걸리겠지? 사진 송고하고, 개인적으로 좀 더 둘러보고. 간 김에 다른 잡지에 끼워 넣을 분량도 건져 와야 하니까. 쉽게 가기 힘든 곳이잖아. 비행기 삯이 아까워서라도 부지런히 돌아다녀보려고. 아르헨티나랑 볼리비아는 사회 분위기도 자연도 많이 다르거든. 그래서 이번엔……."

그의 말이 쓸데없이 길어지고 있었다. '같이'나 '함께'가 실종된, 그래서 혼잣말이나 다름없는 너스레. 그나마 언죽번죽한 성격이 못 돼 어설픈 치렛말. 그녀는 그의 언행에서 불편한 친절, 혹은 자상한 변명의 뉘앙스를 가려냈다. 이전에는 저 차갑지 않은 언사나 담백한 제스처에 스스로 끌렸고 어쩌면, 어쩌면…… 하며 기대를 접지 못했으나.

"뭐, 눌러살 생각만 아니라면야. 아니다, 눌러살아도 상관없고."

"또 모르지. 어디든 전생의 내 고향 같으니까."

그가 막연하게 대꾸했다. 서로가 서로를 너무 잘 안다는 건 결코 유리한 상황이 못 된다. 마치 자기 무덤을 자기가 파고 있는 것과 같다는 생각이 그의 머릿속을 스쳐 갔다.

"웬 데자뷔? 선배는 환생을 믿나 봐?"

"난 모태신앙이야. 순교자 집안의 삼대독자. 저 흥선대원군 때 천주교 박해를 피해 두메산골에 숨어 살다 어찌어찌 바닷가로 내려와 터를 잡았다지. 이래 봬도 복사도 섰다, 나? 신부님 옆에 신부님처럼 흰 가운 입고 엄숙하게 서 있는 애 말야. 자의가 아닌 타의였단 얘기네, 결국."

"그래서 환생을 믿는다고, 안 믿는다고?"

"생이 돌고 돈다는 건 믿지. 평행이론도 솔깃하고."

"선배, 다음 생엔 나무로 태어나라, 제발요."

혜란이 웃지도 않고 말했다. 이번에도 그는 그녀의 심기가 내비치는 뻣뻣함을 모른 체하는 쪽을 택했다.

"하고많은 생물 중에 나무?"

"붙박이잖아. 걷어차기 좀 좋아?"

"어이쿠!"

은탁이 무릎을 싸쥐는 척 몸을 낮췄다. 혜란은 역시 웃지 않았다. 그예 딴 곳으로 고개를 돌려버렸다. 그는 오 년도 넘게 알아온 그녀의 옆모습이 위태로울 정도로 낯설었지만 끝내 왜 그러냐고 묻지 않았다.

*

혜란은 인천공항 주차장을 빠져나왔다. 운전석 차창 너머로 어딘가로 떠나거나 어딘가에서 떠나온 비행기들이 굉음과 함께 수시로 나타났다 사라졌다. 나리타와 JFK와 마이애미 공항을 경유해 라파스로 그를 실어다 줄 비행기도 그녀의 시야에서 멀어졌다. 그녀는 손에 잡히는 시디를 테크에 밀어 넣었다.

내가 당신에게 언제, 어떻게, 어디서, 라고 물을 때마다
당신의 대답은 항상, 아마도, 아마도, 아마도.
이렇게 세월은 흘러가네. 난 계속 절망하고 있는데.
당신은, 당신은 변함없이 대답하지. 어쩌면, 어쩌면, 어쩌면.

오늘은 이 노래가 정말 싫네. 언젠가 회식이 끝나고 2차로 몰려간 노래방에서, 선배의 목소리와 냇 킹 콜의 목소리가 닮았다고 했던 내 오글거리는 코멘트는 취소. 취한 척 선배 목을 끌어안고 귀에다 속닥속닥 찔러 넣었던 내 간지러운 고백도 취소. 잊어줘요, 부탁이야. 나도 선배의 목소리를 잊을게.

사실 아까는 좀 무섭더라. 이만큼…… 했으면 질릴 법도 한데 미련이 남은 것 같아서 징그럽더라. 선배가 출국 심사대를 통과해 면세 구역으로 건너가버릴 때까지도 난 선배 뒤통수를 노려보며 계속 동전을 던지고 있었거든. 앞면, 앞면, 앞면, 중얼거리면서. 이 노래처럼, 키사스 키사스 키사스…… 어쩌면, 어쩌면, 어쩌면…… 그랬던 거지. 근데 선배는 끝내 뒤돌아보지

않더라. 지난번처럼, 지지난번처럼. 방금 전까지 나와 시시덕 거리며 서 있었다는 걸 잊은 거지. 그새 까맣게. 그게 내 절댓값 이지.

알아요, 일 잘하는 선배. 성격 좋고 매너 좋은 선배. 다들 선 배를 부러워하지. 몇몇은 존경도 한다더라. 헐! 감각도 있고, 나름 깊이도 있고, 일할 땐 화장실 가는 횟수 줄이려고 물도 안 마시는 깡도 있고, 그리고 결정적으로 냉정하고.

아, 내게만 냉정한가? 아무 여자한테나 곁을 안 줘서 좋았는 데, 알고 보니 나도 거기 포함됐더라는 얘기. 나도 아무 여자 중 의 하나였다는 얘기. 쪽팔려. 그래도 이 말은 해야겠다. 선배는 좀 비겁했어. 난 좀 비굴했고.

'남자와 여자가 단둘이서 저녁식사를 세 번씩이나 함께하고 도 아무 일이 없었다면 그때는 단념하는 것이 좋다.' 오스 야스 지로가 조언한 연애의 법칙을 무시하지 말았어야 했는데.

내가 그 영화감독의 말을 농담처럼 던진 뒤 선배 표정을 살 폈을 때가 생각나. 선배는 마치 자신의 답변이기라도 한 듯 웃 고 있었어. 뭐지, 저 반응은? 싫었는데. 그때 딱 접었어야 했는 데. 그러고도 벌써 몇 년째 내가 내 굴을 팠어. 끈기가 있다는 소릴 곧잘 들어온 난데, 이건 끈기가 아니라 집착인 거지. 징해라.

우리, 그만하자. 더 가지 말자. 아니다, 선배는 그냥 늘 그 자리에 있었구나. 나 혼자 마음 분주했었구나. 알았으면, 알면, 선배가 날 좀 돌려세우지 그랬어? 너, 돌아가라, 그랬어야지. 나쁜 자식.

그녀는 오디오를 OFF로 돌렸다. 하늘은 더할 나위 없이 맑고, 밝았다. 그녀의 자동차는 영종대교를 건넜다. 도로 양옆으로 검은 날개처럼 펼쳐진 개펄을 지났다. 맞은편 차선으로 색색의 풍선을 단 리무진이 바람처럼 지나갔다.

오월의 신랑 신부는 행복하겠지. 눈부신 세상이겠지.

그녀는 선글라스를 찾아 썼다. 그리고 자신에게 약속했다.

다시는 이 길을 달리지 않기. 그를 위해 아무것도 하지 않기.

슬픈 완벽한 아름다운,

　제주도 인근 해상에서 잠시 주춤하던 비구름이 빠르게 북상 중이라는 기상 뉴스와 함께 나무물고기는 거의 개점휴업 상태로 돌입했다. 게스트하우스 옆 포구 마을도 물속에 가라앉은 잠수함처럼 적요하다. 방파제 뒤쪽 내항에는 양식장 조업을 중단한 소형 선박들이 굵은 밧줄로 선체를 겯고 정박 중이다.

　카페테라스는 비에 흠뻑 젖어 개흙보다 더 짙은 흙빛을 띤다. 발코니 기둥을 타고 이층까지 덩굴손 뻗은 능소화와 안채 옛 수돗간 옆 늙은 석류나무는 장마철의 식물들이다. 줄기차게 내리긋는 빗줄기에 등황색 꽃송이들이 뎅경뎅경 목 잘려 흙바닥에 나뒹군다. 애처로운 낙화가 형광 네온처럼 선연하다.

린은 두 팔을 베고 탁자에 비스듬히 엎드린 자세로 밖을 내다보고 있다. 그녀는 오늘 예의 석류꽃보다 붉은 머플러로 긴 머리카락을 동여맸다. 바라보는 이의 심장을 파고드는 저 붉은 색…….

"새들은 다 어디로 갔을까?"

그녀가 혼잣말인 듯 아닌 듯 중얼거렸다.

은탁은 그녀의 눈길을 좇아 카페테라스로 고개를 돌렸다. 빗발은 가늘어졌다 굵어졌다 종일 쉬지 않고 내린다. 갯벌과 바다와 수평선과 하늘의 경계가 모호하다. 김 서린 샤워부스처럼 사위가 뿌옇다.

"새들은……."

페루의 황량한 바닷가가 생각났다. 그는 십여 년 전쯤 국내 항공사에서 발행하는 홍보잡지의 의뢰로 '소설의 공간'이라는 기획 연재물의 남미 편을 일 년간 다룬 적이 있었다. 그때 그는 페루로 날아가 리마 북쪽 해안의 사막과도 같은 건조한 모래밭을 글과 사진에 담아왔다.

"로맹 가리라는 프랑스 작가가 있어. 외교관이라는 특이한

이력이 있는 작간데, 새들은 페루에 가서 죽다…… 그런 단편 소설을 썼지.”

“에밀 아자르? 『자기 앞의 생』을 썼다는……? 영화배우인 아내 진 세버그가 자살하자 자신도 권총으로 빵! 그런 유명한 스토리가 있는 염세주의자.”

“제법? 책 많이 읽나 보네? 설마, 제 취미는 독서예요…… 그래?”

“별로. 전혀요. 유럽영화와 프랑스소설 좋아하는 엄마 덕에 주로 제목과 광고 카피만 쓱 스캔하죠. 제목과 카피가 그럴듯하거나 작가가 겁나 잘생겼거나, 전공이 전공인지라 표지 디자인에서 확 끌려들거나…… 그러면 뒤적뒤적해보는 정도? 뭘 그렇게 꼬물꼬물 벌레 기어가는 것처럼 길게들 쓰나 몰라. 바쁘고 할 거 많은 세상에.”

“바빠 보이지 않고, 할 일도 없어 보이는데?”

린이 흐응, 콧소리를 내고는 이죽거렸다.

“그리구, 그 징글징글한 글자벌레들을 언제 다 세고 앉았대?”

“이런 날. 진종일 비 오거나 바람 불거나 눈 내리거나 하는 날. 아주 춥거나 아주 덥거나 한 날. 무료하거나 따분하거나 한 날. 아무것도 안 하고 앉아 있는 것보다야 낫지."

"에이. 비 오는 날에는 빗소리를 들어야지, 무슨."

린이 갑자기 생각난 듯 스마트폰에 저장된 파일 하나를 블루투스 스피커에 연결했다. 다운로드한 음원인가 했더니 첫 시작부터 차락차락차락…… 세찬 빗소리가 트레몰로 주법(奏法)의 팀파니처럼 치고 들어온다. 비 오는 날 빗소리를 듣는다는 이 아이……. 까닭 없이 속이 탄다.

"우리 집 베란다에서 녹음한 거. 잘 들어보면 마지막 부분에 가서 클랙슨 소리가 들릴 거예요. 어떤 차가 집 앞 골목에서 빠앙 하고 지나가는 바람에요. 싹 지우고 새로 녹음할까 하다 귀찮기도 하고, 것두 나쁘진 않겠다 싶기도 하고…… 그래서 그냥 내버려뒀어요. 현실감 돋는 것 같아 나름 괜찮더라구요."

린은 탁자 위에 한쪽 팔꿈치를 세우고 손바닥으로 얼굴을 괴더니 지그시 눈을 감았다.

"들어봐요. 난 비 올 때도 듣고, 비가 그리울 때도 들어요. 속이 바싹 말라버린 것 같을 때도 들어요. 별자리가 물고기자리라 그런가? 삼월생, 물고기자리. 마린, 물맑을린. 아쿠아마린…… 일관성 있네. 나, 아마 전생에 수생생물이었던가 봐."

은탁은 새들이 사라지고 없는 잿빛 허공에 시선을 그대로 묶어둔 채 린이 시키는 대로 가만 귀를 기울였다.

오로지 아스팔트에 내리꽂히는 빗소리만 들린다. 창밖의 빗줄기와 실내의 빗소리가 오차 없는 더빙처럼 조화롭다. 울타리나무에 내려앉은 울타리새처럼 맨몸으로 장대비를 맞고 서 있는 것 같다. 그는 자신의 망막에 찍힌 흑백의 영상을 숨 저리게 들여다보았다.

한 사내의 젖은 머리카락과 젖은 어깻죽지를 타고 흘러내린 빗물 방울이 손끝에서 뚝뚝 떨어져 마룻바닥을 흥건히 적신다면, 그래 마침내 물의 길을 낸다면…… 우기의 와디처럼 홀을 지나고 카페테라스를 지나 저 바다로 흘러드는 물의 길이 생긴다면…… 나무물고기는 물 만난 물고기가 되어 바닷속을 헤엄치지 않을까.

*

"아저씨, 마이 영 맘 좋아했죠?"

은탁이 꿈에서 깨듯 린을 쳐다봤다. 이 아이는 매사 정면돌파, 아니면 단도직입. 그때마다 그는 정 맞은 돌처럼 얼떨했다.

"마이 영 맘은 또 뭐야?"

그는 가슴을 쓸어내리면서도 겉으로는 시치미를 뗐다. 알면서도 기꺼이 말려드는 자신은 또 무어란 말인가.

"문자 그대로, 나의 어린 맘. 나만 할 때 날 낳았다는 어린 여자. 알아들었으면서."

은탁이 무슨 말인가 할 듯하자 린이 재빠르게 그의 말문을 봉쇄했다.

"그런 눈빛으로 날 쳐다보기 없기. 엄마라는 말이 입에 붙지 않아서 그런 거니까. 말했잖아요, 난 서울에 엄마가 있다고. 그러니까 구별해야지."

"일전에는, 박애와 평등을 구별하지 말라더라?"

그는 농담 삼아 수단 흑인 누드모델에 관해 나누었던 대화를 언급했을 뿐인데, 그녀가 곱지 않게 눈을 흘겼다.

"아저씨 뒤끝 있구나?"

"그 뒤끝 덕분에 여기서 이렇게 살고 있다, 내가."

은탁으로선 혜란을 염두에 둔 자책이었다. 누군가의 지상에서의 마지막 모습을 두 번씩이나 보았다는 건 형벌이 아니고 무언가.

"그런 뒤끝은 뭐, 하나도 나쁘지 않네. 그 덕분에 나두 여기와 있으니까."

"린의 구별도 나쁘진 않다. 서울의 그분이 좋은 분이었다는 말이라 다행이고."

"저쪽 엄마에 대한 예의? 뭐, 그런 맘이 쫌 있어요. 근데 이쪽은 유소정엄마, 것두 이상하고. 친엄마, 그러기두 아직은 짜증나고……. 아저씨 대답 안 했다. 솔직히…… 그랬죠? 그죠?"

"나 말고도 린의 영 맘 좋아한 사람 많아. 동창회만 가도 첫사랑이었다는 아저씨들 수두룩할걸?"

"진심으로 좋아한 사람 말하는 거예요. 첫눈에 반했다, 그런 거 말구요. 미국의 어느 저명한 심리학자가 단언하기를요…… 첫눈에 반하는 건 성, 적, 욕, 망."

"그 심리학자가 뭘 모르네. 한눈에 운명을 느낄 수도 있는 건데."

"한눈에 한 여자 또는 한 남자의 전부를 사랑할 수 있는 한 남자 또는 한 여자. 겁나 멋지다. 아저씬 운명의 여자를 놓쳤나 봐요? 안됐네. 안 멋지다."

린이 하품을 하며 기지개를 켰다.

벽시계는 여덟시를 향하고 있다. 해는커녕 붉은 기운 한 점 내보이지 않은 채 일몰의 시각을 넘어섰다. 사방이 점점 캄캄해온다. 그는 보이지 않는 무언가에 멱살이라도 틀어잡힌 사람처럼 갑갑증을 느꼈다. 변명인지 해명인지 모를 소리를 주워섬기는 건 그 초조함 때문이리라.

"운명이란 일방의 선언만으로 성립되는 게 아니라 그렇지. 쌍방 딱 중간에서 불꽃이 튀어야 하는 거거든. 스파크! 치명적 일합(一合)! 강호의 무림고수처럼."

앉은자리에서 두 팔을 위로 뻗어 스트레칭을 하던 린이 동작을 멈추고 그를 바라봤다.

"쉽게 말하면 될걸. 그러니까 아저씬 짝사랑, 외사랑, 그딴 거만 줄창 했거나, 줄창 당했다는 거잖아요. 아아, 진짜 하나도 안 멋지다. 실망. 대실망."

은탁은 점점 겁이 난다. 소녀와 숙녀와 노파가 한 몸에 살고 있는 여자……. 소정이 그랬고, 린이 그렇다. 종잡을 수 없기 때문에 끌리고 바로 그 때문에 위험하다. 매혹은 위험을 전제로 성립하는 감각의 어느 특별한 지점이다. 그는 그 특별한 지점에 매설된 부비트랩을 밟지 않으려고 애를 쓰는 자신과 어느

새 트랩 안으로 허리를 굽히고 있는 자신, 그 두 자아의 앙버팀이 곤혹스러웠다.

"린의 남자친구는 어때?"

급히 핸들을 꺾듯 그가 말을 돌렸다.

"아저씨가 나한테 남자친구가 있는지 없는지 어떻게 알아요?"

예기치 못한 질문이었던지 린이 미간을 찡그리며 되물었다.

"나도 스파이들이 있으니까."

"에이, 뭐야. 이중첩자들이잖아."

*

이중첩자들은 최근 상태가 좋지 않다. 은탁으로선 경영 혁신에 관한 고민 말고도 총체적 인력난을 겪는 와중이다.

그중에서도 가장 든든했던 진수에게서 이탈의 기미가 포착됐다. 어쩔 수 없는 일이다. 나무물고기는 가장 가까운 소도시와도 몇십 킬로미터는 족히 떨어진 바닷가 외딴 게스트하우스다. 열정을 가지고 뛰어봤자 자본주의사회가 요구하는 스펙 적립과는 다소 동떨어진 직종인 데다, 매니저에서 더 올라갈 직급이 없는 전망 부재의 직장. 같은 분야의 창업을 꿈꾸는 것이 아니라면, 젊은 친구들을 붙잡아둘 명분이 없다. 비성수기인 장마 기간 동안 쉬겠다는 건 그야말로 핑계에 불과하다. 진로를 개척하는 데 시간과 정성을 쏟고 싶다는 속뜻을 에둘러 통고한 것이리라.

운호는 한동안 진득하게 자리를 지킨다 싶더니 결국 사달이 났다. 린에게 얼토당토않은 관심을 보이다가 현주의 깐족거림을 자초한 모양이다. 운호는 눈짓 한 번 손짓 하나에도 패싸움에 말려들어 난투극을 벌이기 예사이면서 희한하게도 여자에게는 물렀다. 나름 미덕이라면 미덕이다. 그 대신 쩨쩨하게 짐을 싸 들고 부령제과로 건너가버렸다. 이참에 차분히 제빵 기술이라도 익히면 좋으련만, 수연의 말대로 발 달린 짐승 발모가지를 분질러놓을 수도 없으니 오직 제 정신 상태에 달렸다.

폴리텍대학에 다니면서 주말에만 스태프로 일하는 동재는 해병대 입대를 앞두고 있다. 현주와 소위 '썸' 타는 분위기인 것 같긴 한데 요즘 젊은 애들 풍속으로 얼마나 갈지는 알 수 없다.

공 여사에게도 피치 못할 사정이 생겼다. 수도권에 사는 큰딸이 출산하게 되면 올라가서 산후조리를 해주기로 했다며 최근 되나 마나 하던 민박을 접은 장 여사를 추천했다. 손끝 야무지다는 평판은 솔깃했지만 마음에 걸리는 건 자칭 지역 토박이 명사인 고교 동창 명수의 처이모란 사실이었다.

"근데 오늘은 이 이중첩자들, 코빼기도 안 보이네. 뭐, 이 직종에 출장 갈 일 있을 리 만무하고."

"손님도 코빼기도 안 보이는데 뭐. 나 혼자서도 충분히 커버할 수 있고."

그 말에 린이 눈을 반짝이며 헤실헤실 웃었다. 반격의 빌미를 포착한 눈치다.

"그니까요, 아저씨. 손님 코빼기도 안 보인다는 말은 손님이 없다는 말이고, 그런즉 난 손님이 아니란 말인 거고. 남아일언 중천금. 나중에 딴말하기 없기예요. 오케이?"

"방명록에 제 손으로 사인 올려놓고 방문객 아니면, 백수건달? 무위도식자? 아니다, 무전취식자네, 무전취식자야."

"고향 집에서 밀린 잠 좀 자고, 차려놓은 밥상에 숟가락 좀 얹었다고 무전취식이라면 섭하죠. 봉골레파스타 어때요? 심이령 여사에게 전수받은 마린표 비장의 레시피가 있는데, 콜?"

"물고기 탁본 한 장으로 숙식비 퉁 치자더니 이번엔 파스타

한 접시로 퉁 치자? 재료도 조리 기구도 우리 집 주방에서 나오는 건데? 이건 순……."

"타임! 타임! 순, 날강도란 말 하고 싶으시겠지만, 파스타 시식 후로 미루심이 어떠하올지? 경영 정상화를 위한 카페테리아 활성 방안으로는 메뉴 개발이 필수 고려 사항이거든요. 빵과 쿠키만으로는 어림도 없다구요. 부령제과 사장님한테는 이 말 전하지 마시구요. 그럼 전 이만 주방으로. 상상 이상의 맛을 보게 될 거예요. 기대하시라, 커밍 쑨."

린은 은탁이 뭐라고 말할 기회를 주지 않고 냉큼 주방으로 사라졌다.

그는 안락의자에 몸을 파묻은 채 주방에서 들려오는 소음에 잠자코 귀를 기울였다. 냉장고 문 여닫는 소리, 수돗물 소리, 도마질 소리…… 들이 어우러져 그럴싸한 화음을 이룬다. 고통과 희열로 직조한 대위법의 하루가 저물고 있다. 이만하면 완벽하다.

CLOSE! 이만 안녕!

"차 조심!"

린이 자전거 페달을 밟아 앞으로 나아가자 은탁이 뒤에서 소리쳤다.

으히그. 저럴 땐 딱 노친네.

그녀는 뒤돌아보지 않고서 한 손을 높이 들어 팔랑팔랑 그의 걱정가지를 쳐냈다. 팔월의 볕별은 아스팔트라도 녹일 듯이 맹렬하다.

해안도로는 통행량이 부쩍 늘었다. 외제승용차와 물류 운송 트럭들이 매연과 흙먼지를 훅훅 끼치며 질주한다. 하이킹용 자전거로 길 가장자리를 주행하다 보면 더러 간이 코딱지만 해지는 경우가 생긴다. 지방국도의 갓길은 관리 상태가 좋지 않다. 느닷없이 폭이 좁아지거나 아예 사라져버리기도 해서 보행자 안전사고가 빈번하게 일어난다. 특히나 이맘때쯤 사고율이 급증하는데, 피해자는 대부분 연로한 동네 주민들이다. 해안 산복 도로의 특성상 커브가 잦고 급경사 낭떠러지가 많은 것도 사고 다발 원인 중 하나다.

린은 풍성한 머리카락을 한 갈래로 땋아 내리고 노란 헬멧을 눌러썼다. 제 것인 양 척 가져다 가슴에 두른 아즈텍 문양 모칠라 크로스백은 은탁의 남미 유랑 시절 전리품이다. 거기에 즐겨 입는 스키니진이나 에스닉한 롱스커트 대신 읍내 오일장에서 두 장에 만 원 주고 산 냉장고바지를 아무렇지도 않게 꿰입었다. 방콕 카오산로드에서 마주침 직한 배낭여행족 포스를 모락모락 풍긴다.

그는 그녀의 엽렵한 뒤태를 지켜보다가 고개를 절레절레 흔들며 안으로 들어섰다. 하루에도 열두 번 마음이 뒤집혔다. 열일고여덟 살, 그때로 돌아간 것처럼.

*

    바야흐로 성수기다. 여름 휴가철을 맞아 인근 해수욕장이나 계곡의 휴양 단지로 몰려가는 차량이 평소의 몇 배로 늘었다. 길가 해산물전문식당이나 지역특산물상점 그리고 정체불명의 카페테리아 들도 한철 반짝 장사에 열기를 띠었다.

    나무물고기도 덩달아 분주해졌다. 가족 단위 피서객들은 대체로 바닷가 리조트나 신축한 펜션으로 몰려가지만 어찌 되었건 인파로 복작이는 중심지를 피해 한적한 곳에서 여가를 즐기고 싶어 하는 수요도 있게 마련이다. 딸의 산후조리로 상경한 공 여사의 빈자리는 메우지 못했다. 시간제 아르바이트생 현주도 부모의 한철 장사에 차출됐다. 은탁이 전혀 원하지 않았음에도 린의 일손을 뿌리칠 수 없게 된 저간의 사정이 그러했다.

    린은 외려 신바람이 났다. 아침잠이 많아 느지막이 커뮤니티 홀에 나타나긴 하지만 커피와 크루아상으로 잠기를 몰아내고 나서부터 한 사람 몫을 다부지게 해낸다. 체크아웃 시 린이 내민 이용객들의 캐리커처는 그들의 SNS상에서 화제를 불러일으켰다. 오후에 한 차례 부령제과로 자전거를 끌고 가서 이튿날 오전까지 소비할 쿠키와 빵을 장바구니에 담아오는 일도 그녀가 자원했다. 입소문을 타 지역 맛집에 등극한 부령제과도 휴가철 뜨내기손님들까지 오며 가며 진열대를 쓸어가는 통에 직접 빵을 배달해줄 수 없을 정도로 손이 달리기 때문이다.

수연은 '고급진' 빵을 구워내는 파티셰답지 않게 여름 내내 쌍시옷을 입술에 올린 채, 밀가루 반죽을 하고 갓 구워낸 빵을 진열하고 계산대를 사수하는 1인 3역 '신공'을 발휘 중이다.

─개쌍노무 쒜끼. 나타나기만 해라, 오븐에 집어넣고 확 그슬려 검둥개쉐로 만들어버릴라니까.

그럴 때 보면 수연은 수창의 누이이자 운호의 고모가 틀림없었다.

─피가 진하긴 진하다. 부령반점, 살, 아, 있어.

은탁의 농에 수연이 혀를 찼다.

─진한 게 아니라 징한 거임. 린을 봐봐. 소정언니만 해도 부령의 레전드였잖아. 나요, 걔, 그 언니 딸이란 소리 듣고 완전 멘붕, 강도7 지진 레벨의 충격 먹었다는 거 아녜요? 진작 못 알아본 게 신기하더라니까. 다시 보니까 그런 판박이가 없던데. 여튼 그 언니하고 나하고는 연때가 안 맞아. 도움이 안 돼요, 도움이.

—오버 아닌가? 피차 엮인 일 없을 텐데?

—없긴 왜 없어! 내 입으로 말해욧?

—어어? 왜 소릴 질러?

—그냥 그것이 그렇다고! 나요, 마린인가 마가린인가 걔 씹지 않으려고…… 어휴 저 어린 것이 쯧쯧, 측은지심 배양하려고 어마무지 애쓰는 중이라는 거 참작 바랍니다. 그러니까 내 말에 이러구저러구 토 달지 마, 네? 멀쩡한 수컷들 시선 싹쓸이하는 승률 90프로 유전자들 재수 없게 두둔하지도 말고, 네?

—수창이는 점점 과묵해지고 점잖아지던데, 넌 점점 과격해지고 울대 세우는 일이 늘어간다? 벌써 갱년기 오니?

—탁이 오라버니, 그게요…… 창이 오빠 십대 이십대 삼십대, 말하자면 인생 4분지 3을 저 하고 싶은 짓거리 다 하고 살아서 하던 깽판도 시시해졌을 것이고, 난 이 나이 따박따박 먹도록 나 하고 싶은 것 늘 뒷전으로 깔아뭉개고 살아서 심히 삐딱해진 거야. 되찾은 사춘기, 못 다한 질풍노도의 시기라고 봐주던가. 참 아둔한 양반이어라.

머쓱하고 물색없게 되었지만 은탁은 수연에게만은 영구히 '참 아둔한 사람'을 고수하기로 속다짐했다. 부령제과와 나무물고기와 그에 속한 인류의 평화로운 공생공존을 위해서도.

*

수연이 이제나저제나 밖을 내다보며 막대 아이스크림을 깨물고 있을 때 노란 헬멧이 가게 문을 밀며 쑥 들어섰다. 후줄근한 냉장고바지에 싸구려 크록스 샌들을 신어도 안구가 상큼해지는 비주얼을 어찌 이기랴.

"고모, 저 왔어요."

"어서 와라."

들이받는 말투와는 달리 린을 맞는 수연의 눈길은 매번 다사로웠다. 최근 들어 거의 매일이다시피 일용할 빵 봉지를 안고 가게를 나서는 린을 눈배웅할 때마다 조건반사처럼 격심한 동통이 명치를 치받고 올라오는 것까지 제어할 순 없었다 하더라도.

"근데 내가 왜 니 맘대로 고모야? 난 니 아빠도 모르고, 날 고모라고 부를 수밖에 없는 운호 짜식이 니 달달한 연하남도 아닌데?"

"그럼 아줌마라고 해요?"

"어디, 버르장머리 없이!"

"언니?"

수연이 부리나케 손을 휘저었다.

"그건 좀 많이 과하지? 에라, 니 입인데, 니 맘대로 해라. 너나 나나 뚫린 입 틀어막고 국으로 잠자코 있을 화상은 못 되는 것 같다."

린은 수연이 빵 바구니를 건네며 따로 입에다 넣어주는 슈크림을 날름 받아먹고 나서 엄지를 척 들어 올렸다.

"운호는 아직 연락 없어요?"

"아 그 쉐이. 무소식이 희소식이란 옛말이 괜히 생겨났겠니? 지 앞니 왕창 나가거나 남의 앞니 몽땅 아작 내 돈으로 처막을 일 안 만들었단 얘기인즉슨, 어깨춤이라도 추고 싶다, 덩실덩실. 린은 거기 어때?"

"재밌어요. 적성에 맞나 봐요. 히히."

"퍽도. 너도 참 별쭝나다. 운호 놈은 촌구석에서 어리바리하고 있으려니 심심해 미칠 지경이라더라."

"원래 심심해하는 성격도 아니구요, 연필 한 자루만 있으면 2박 3일 혼자서도 잘 놀구요. 참, 휴가철 지나면 집에 다녀올까

해요. 아저씨한텐 아직 말 안 했구요."

"다녀오겠다? 그 말은 흠⋯⋯."

수연이 엄지와 검지로 턱을 받치고 사설탐정 흉내로 눈을 빛내자 린이 해말간 웃음으로 되받았다. 저 팔색조처럼 변화무궁한 모습에 철옹성 같은 서은탁도 속수무책이었으리.

"난 여기가 좋아요."

"나무물고기? 아님 서은탁?"

수연은 기왕 말이 나온 거, 하고 밀어붙여보았다. 알려면 제대로 알아야 하는 핵심 사항이기도 하다. 린은 조금의 망설임도 없다.

"둘 다요."

"정말 못 말리겠다."

"아저씨도 똑같은 말 하던데. 나더러, 못 말리겠다고. 고집불통이라고."

"그분이 너한테 그딴 소리를 하셨어?"

수연이 어처구니없다는 듯 되물었다.

"네."

수연은 린의 양어깨를 부여잡고 출입문 쪽으로 빙그르 돌려

세우며 말했다.

"너, 가. 빨리 가."

"네?"

수연은 일없이 머릿수건을 벗었다가 새로 고쳐 쓰고는 그곳에 없는 은탁에게 통박을 놓았다.

"누가 누구더러 못 말리겠대? 매우 웃겨라."

"무슨 말이에요?"

돌연 새치름하게 앙다무는 저 입매와 당돌하게 되받아치는 저 눈매. 석연치 않거나 마땅치 않으면 단박 앵돌아지는 저 급한 성정까지. 왜 처음엔 저 얼굴을 몰라봤을까. 하드웨어에 소프트웨어까지, 빼다 박은 유소정인데.

수연은 속으로 혀를 내둘렀다. 영문 몰라 하면서도 은근슬쩍 결기를 내비치는 린에게 두손 두발 드는 심정이 되었다.

졌다. 세월이 아깝다마는, 석 달 열흘쯤 마음몸살 앓고 나면 털어지겠지 뭐. 내 것 안 될 것에 침 바르지 말고. 놀부나 하는 짓, 남의 수박에 말뚝 박지 말고. 그러자. 그러자, 권수연.

"맹꽁이 사촌들마냥 자알 논다."

그녀는 흠흠 헛기침을 하고는 짐짓 목소리를 낮췄다.

"잘 알아들어라, 마린아. 나, 같은 말 두 번 안 할라니까."

"하세요."

"까칠하긴. 좋아, 하마. 내가 너 빨리 가라고 등 떠미는 건, 서은탁이 너 안 온다고 걱정보따리 바리바리 꾸려놓았을 거라는 걸 알기 때문이지. 찻길 위험한데 자전거 끌고 나섰다고, 너 거기서 출발할 때마다 여기로 전화 넣는 거 모르지? 제시간에 땡 도착 안 하면 자기한테 알려달라고 날 들들 볶는 거 모르지? 또 너 제때 땡 되돌아가지 않으면 날 아주 지 수하처럼 족쳐요. 것도 모르지? 언제 보냈냐고 아주 심문을 한다. 그렇게 걱정 늘어질 거면 지가 직접 오시든가. 그분이 그래요. 요샛말로 츤데레? 그런 기술은 있어가지고. 내 염장 지르는 기술도 가지가지야."

"진짜예요?"

"얘 봐라. 얘 입 벌어지는 거 봐라. 방금 전만 해도 맞장 뜰 기세더니 금세 헤헤 풀릴 거. 공짜로 보기 아깝다. 얼마 주랴?"

"고마워요. 무료관람해도 돼요. 그리고 고모, 아줌마, 언니…… 젤 마음에 드는 거 골라두세요. 담부터 그걸로 불러드릴게요. 그럼 나 가요. 휘리릭."

인사말을 맺기도 전에 린은 벌써 출입문을 나서고 있다. 제 말대로 휘리릭, 빛의 속도로. 문에 달린 풍경이 한참을 딸랑댄다.

수연은 뒤따라 나가 자전거 페달을 힘차게 밟아 저만치 달려가고 있는 린을 향해 한껏 소리쳤다.

"차 조심!"

"암튼 노친네들이라니까."

린은 머리 위로 한 손을 치켜들고 두세 번 흔들더니 다시 핸들을 그러잡았다.

수연은 두세 차례 뺨을 얻어맞은 것처럼 먹먹했다. 자신도 린처럼 손을 높이 올리고 가볍게 흔들어보다가 슬그머니 팔을 내려뜨렸다.

거침없고 두려움 없는 저 나이 때, 나는 암흑이었는데.

한참 전부터 수연의 호주머니 속에서 휴대전화가 부르르 떨고 있었다. 그때마다 그녀의 마음도 덩달아 부르르 떨었다.

아주 오 분을 못 기다리는구나. 이럴 때 쓰라고 생긴 말이 있지. 개무시.

수연은 가게 앞 벤치에 주저앉았다. 해 이울 시각이 되어가는데도 가슴 골짜기에 땀방울이 또르르 구른다.

여름은 잔인해. 질기해서 싫어.

그녀는 화닥화닥 손부채질을 거푸하다가 벌떡 일어나 가게로 들어갔다. 그러고는 블라인드로 진열장을 가리고 출입문에 팻말을 걸었다.

CLOSE! 금일 영업 종료합니다 ^^

*

수연은 작업대로 가서 앞치마를 둘렀다. 새로 밀가루 반죽을 할 요량이었다. 박력분을 체치고 버터를 잘라 넣고 머랭을 만드는 과정들이야 눈대중 손대중으로 충분하지만 그녀는 맨 처음 실습대에 섰을 때처럼 하나하나 꼼꼼하게 재료를 저울에 달았다.

그녀는 자신만을 위한 피칸파이를 만들 참이었다. 피칸파이는 그녀가 베이커리를 하게 된 동기이기도 하다. 고소하면서도 촉촉한 타르트지와 이국적인 시나몬 향은 같은 밀가루로 뽑아낸 자장면과 군만두에 물린 그녀에게 맛의 신세계를 열어주었다. 마음이 부르르 떨릴 땐 시나몬 향만 한 것이 없다는 게 그녀의 지론이다.

한 시간여 뒤, 그녀는 알맞게 구워진 피칸파이 조각을 한입 크게 베어 물었다. 시나몬 향이 입안에 번졌다.

역시, 최상급이야.

차가운 샴페인을 곁들여 파이 한 판을 해치우고 나자 부르르 떨리던 마음이 가라앉았다. 그녀는 어둠 속에서 조용히 미소 지었다. 견딜 만했다.

시간이 지나면 흐릿해지는 것

반주자를 대동한 세 번의 커튼콜이 있고 나서 네 번째, 첸 궈가 못 이기는 체 저 혼자서 바이올린과 활을 들고 천천히 무대 한가운데로 걸어 나온다. 스포트라이트가 그의 걸음걸음을 좇으며 동그라미를 그린다. 그가 거둔 작은 성공을 의미하는 듯하다. 그의 몸짓과 걸음새에서 온 힘을 다 쏟고 난 뒤의 홀가분함과 아쉬움이 읽힌다.

화면 속의 첸 궈는 고개를 약간 숙인 채 박수 소리가 완전히 그치기를 기다리고 있다. 과중한 침묵 끝에 마침내 얼굴을 들고, 바이올린을 어깨에 올린 뒤 턱을 괸다. 그러나 무슨 연유에선지 곧장 바이올린을 내려뜨리더니 무대 중앙의 스탠딩마이

크로 다가서서 상체를 기울인다. 그는 객석의 호기심이 충분히 달궈지기를 기다리는 배우처럼 몇 초간 뜸을 들이다가 결심이 선 듯 코멘트를 시작한다.

"두 번째 여름도 함께 보내게 될 줄 알았어요. 그때 서프라이즈 기프트를 하려고 지금 들려드릴 이 곡을 바이올린 곡으로 편곡했죠. 당연히 완벽하진 않아요. 전 이쪽으론 아마추어이고, 그녀만을 위한 거니까요. 음…… 그녀는 잘 지내고 있겠죠? 그러길 바라요. 여러분들이…… 그녀 대신 이 곡을 들어주시는군요. 아! 다른 사람에게 주려던 선물을 앙코르로 내놓는다고 기분 나빠하지 않으면 좋겠네요. 감사합니다."

객석에서 작은 소요가 인다. 그의 시선이 어딘가로 향했다가 되돌아온다. 그가 짤막하게 덧붙인다.

"조지 거슈윈, 서머타임."

재채기처럼 산발적으로 튀어나오는 박수, 허를 찔린 듯 야트막하게 터지는 탄성, 옆 사람과의 숨죽인 속닥거림, 의미심장한 눈짓과 부산한 고갯짓 들이 카메라와 마이크에 잡힌다.

좀 엉뚱하군.

이령은 채널을 그대로 두었다.

*

첸은 개의치 않았다. 로열박스에서 자신보다 더 숨죽이고 있을, 바쁜 시간을 쪼개 날아온 어머니와 아버지 그리고 누나의 당혹스러워하는 표정이 그려졌다. 배신감을 느끼거나 망신스러워할 것이다. 그들이라면 체면을 구겼다고 말하겠지만, 체면 따위 좀 구긴들 어떤가. 이건 내 인생인데.

아무래도 좋다. 어떤 식으로든 진심을 전하고 싶으니까. 린이 듣게 되든 모르고 지나치든 그건 하나도 중요하지 않으니까. 중요한 건 내 태도이니까. 사랑할 때의 자세만큼이나, 어쩌면 그보다 더욱 조심스러운 이별의 자세라는 게 있는 법이니까. 나를 잊는 건 그녀의 선택이겠으나 나에게도 나 자신의 방식으로 그녀에게 잊힐 권리가 있는 거니까.

물론 소용이 없다는 것을, 늦었다는 것을, 되돌릴 수 없다는 것을 그도 알고 있다. 다음 스케줄을 소화하기 위한 준비와 연습, 연습, 또 연습…… 처음 한 달은 그도 죽을 듯이 괴로웠으나 차츰 괜찮아졌다. 지금은…… 생각을 덜 한다. 오래도록 슬

펴할 겨를이 없다는 것에도 감사하고 있다.

그는 다시 바이올린에 턱을 괴고 활을 들어 올렸다. 이번에는 지체 없이, 우아하고 신중하게 첫 활을 그었다. 낮고 느리고 섬세하게, 잠들기 전 그녀의 이름을 가만가만 불러볼 때처럼 부드럽게, Summertime, and the livin' is easy……..

*

브라보!

브라보! 앵코올!

요란한 박수에 섞여 클래식 연주회장에서 잘 들을 수 없는 휘파람 소리가 호루라기처럼 날카롭게 객석을 가로지른다.

막 첫 번째 앙코르 곡을 마친 젊은 바이올리니스트는 각도를 조금씩 틀어가며 허리를 접었다 펴기를 반복한 다음 단호하게 무대를 벗어난다. 손뼉 치는 소리와 앙코르 재청이 좀처럼 가라앉지 않는다. 그는 적당한 간격을 두고 무대 밖으로 사라졌다가 되돌아오고, 사라졌다가 되돌아온다.

카메라는 무대 주위와 해설자와 호들갑스러운 객석의 피드백을 번갈아 비춘다. 현장 녹화에 해설자로 투입된 지방 음악

대학 교수는 객석의 소음에 묻히지 않으려는 듯 고조된 음성으로 우호적인 비평을 주워섬긴다. 반항기 다분한 앳된 중국계 교포 아티스트가 사전 조율 없이 즉흥적으로 연주한 앙코르 곡에 대해서도 부글거리는 심사를 덮고 평이한 보충 설명을 늘어놓고 있다.

이령은 쓴웃음을 지었다. 해설자는 그녀의 여고 동창이다. 영향력 있는 유명 인사가 되는 게 여고 때부터의 지상 목표였다. 텔레비전 음악 프로그램이나 신문 동정란에 이름을 앉히게 될 때마다 꼬박꼬박 단체 문자로 근황을 알려왔다.

이령은 보톡스 시술 탓인지 윤곽선이 부자연스러운 여고 동창의 코멘트보다 바이올리니스트의 표정이 클로즈업될 때마다 그의 입술을 유심히 살폈다. 그는 입을 꾹 다문 채, 정중하게 커튼콜에 임할 뿐이다.

이령은 그가 '서머타임'의 첫 선율을 긋기 전에 기도하듯, 혹은 주문을 외듯 입술을 달막이는 것을 보았다. 아마도 두 번째 여름을 함께 보내지 못한 누군가의 이름이었으리라. 이상하게 마음이 쓰였다. 녹화방송분이 끝나가는데도 얼른 채널을 바꾸지 못하는 건 그래서다.

*

"이게 뭐야?"

이령은 갑작스러운 백허그에 소스라치며 뒤를 돌아보았다. 세상에, 린이다. 반가움은 둘째, 기가 막혔다. 몇 달 만에 언질도 없이 불쑥 나타나다니, 누가 제 아버지 딸 아니랄까 봐, 하는 심사가 쪼르르 앞섰다.

"뭐야, 하나도 반갑지 않은 이 반응은? 맘먹고 안 하던 짓 한번 해봤구만, 쑥스럽게."

린이 이령을 놓아주며 너스레를 떨었다. 이령이 굳은 얼굴로 짜증을 냈다.

"안 하던 짓 하지 마. 하던 짓 안 하는 것만큼이나 철렁해."

"아이고, 고슴도치 여사. 맘에도 없는 독설은 여전하시고."

이령이 마지못해 픽 웃었다.

"넌 전혀 여전하지 않은데?"

린은 이령의 시선이 따라 다니는 가운데 스스럼없이 방 안을 돌아다녔다. 이령은 오히려 탁자며 바닥이며 어지럽게 널브러진 물건들을 주섬주섬 치우고 있는 린을 어떻게 대해야 할지 몰라 속내가 난감했다.

"그래? 그래 보여? 진짜? 어디가?"

"얘가, 여전하지 않다는 말을 특급 칭찬으로 알아들은 거니? 그 뜻 아니고, 액면가 그대로 그냥 달라졌다, 그거야."

"여전히 까칠하셔. 접근 금지, 발톱 긴 고양이 있음, 방문 앞에다 커다랗게 써 붙이지 그러셔?"

"여긴 아무도 안 와. 더더군다나 허락 없이는."

"그 말은? 나도 허락받아야 한다는 말?"

린이 작업대 위의 식빵 봉지와 쟁반에 수북한 빵 조각을 쓰레기통에 쑤셔 박으며 잔소리를 해댔다.

"떡지우개 쓰지. 아직 식빵을 쓰는 건 무슨 쇠고집? 빵가루 떨어지고 곰팡이 피고. 쓸 거면 제때 치우든가, 아줌마더러 제때 치우라고 하든가."

이령은 린의 말을 둘 다 '씹었다'. 앞의 항의는 대답할 가치가 없어서. 뒤의 핀잔은 제 딴엔 생각해서 하는 투정인 줄 알아먹어서. 그녀는 다만 속으로 구시렁댔다.

떡지우개 편하고 좋은 거 누가 모른대? 근데 난 그 끈적거리고 미끄덩한 촉감이 너무 싫어. 질척하고 끈끈한 게 손에 쩍쩍 달라붙는 걸 소름 끼치게 싫어하는 거 너도 알면서.

린은 쓰레기통을 들고 다니며 이것저것 쏟아 담는 중이다. 이령이 혼잣말로 툴툴거리는 린에게 딴전을 부렸다.

"얼굴 그게 뭐니? 갯벌에서 바지락 캐다 왔니? 밭 매다 왔니? 까만 콩처럼 돼가지고."

"두 시간마다 자외선 차단지수 플러스 플러스 플러스 선크림을 머드팩 하듯 전신 도포해도 효과 꽝이야. 심 여사는 얼굴이 조막만 해졌네. 너무 몰아치는 거 아니야? 대충대충 못 넘어가는 성질머리가 어디 가겠어요마는."

린은 일일이 대꾸하면서도 척척 야무지게 손을 놀렸다. 저런데가 있었던가. 이령은 린의 손이 한쪽 벽면에 도열해놓은 빈 와인병들로 뻗는 것을 외면했다.

"그럼 어쩌니, 전시가 낼모레 코앞인데."

"조수를 두든가."

"몇 호 되지도 않은 거, 조수씩이나? 남한테 돈 줘가며 내 그림 그려달라고?"

"왜 이러세요? 깔고 앉은 부동산에다 지분씩이나 보유한 대주주 미망인께서 돈 아쉬울 리는 없구요, 솔직히 말해 누가 드나드는 게 싫은 거죠. 독야청청, 유아독존. 콧대는 높고 누구 손 빌리는 건, 나 약해요 인정하는 거 같아서 질색이구요. 이 병들을 봐도 딱 답이 나오잖아. 아홉, 열, 열하나…… 못 살아. 두 박스는 채우겠네."

린은 마치 손위 자매나 되는 듯 폭풍 잔소리를 해댔다. 이령은 그런 린을 씁쓸하게 올려다보았다. 맞다, 린은 변했다. 몇 달 새 새로운 성장판이 열린 것처럼 쑥쑥 커버렸다. 언제 한 번 제대로 품 안이었던 적 없는 자식이지만 이제 정말 품 안에 쏙 들어오지 못하게, 아마득하게, 멀어져버렸다.

이령은 그 변화의 진원을 능히 짐작했다. 사랑받지 못한 자 특유의 퀴퀴한 체취가 있듯 린을 잠시도 가만두지 않는 건, 사랑하고 사랑받는 자만의 열기라는 것. 사흘 나흘 밤을 새우고도 해말끔한 생기라는 것.

오래전에 소정도 그랬다. 어느 날 자신의 이젤 앞에서 옷을 벗을 때 이령은 소정이 전날과 달리 머뭇거린다는 걸 눈치챘다. 일이 초간의 짧디짧은 그 정지만으로 소정은 모든 상황을 명확하게 통보한 셈이었다. 그녀는 더 이상 첫새벽처럼 청신하지 않았다. 초여름 이른 폭염을 견디지 못해 뚝뚝 수직 낙하하는 능소화처럼, 석양빛 양귀비꽃처럼 무르익었다. 그 만개는, 그 활짝 열림은, 이령에게는 조롱이었다. 고독한 생을 위협하는 흉기였다.

그리고 지금 눈앞에 서 있는 린. 저 아이가 발산하는 수줍음과 몰염치의 강렬한 보색대비는 데자뷔가 아니다. 현실이다. 생은 되풀이한다.

"대체 무산댁 아줌마는 이 집에 왜 있대?"

"갤러리 걸기 전에 누가 내 작업 들여다보는 거 싫어. 무산댁이 그림을 알기나 하냐는 소리 따윈 마. 무산댁이니까 더 그런 거니까. 풍경 산수 인물도 아닌 반(半)추상인데 얼마나 약 오르겠어? 낙서 같은 걸 그리고 보여주고 사고 팔고 한다고 흉봐."

"가끔 희한한 지점에서 휴머니즘이 발동되시더라. 적응 안 되게."

"나도 네가 적응 안 돼. 쪽지 한 장 끼적거려놓고 사라져서는 이렇게 불쑥. 좋아, 지나간 일이니까 넘어가고. 지름길 놔두고 빙빙 돌지 말자. 용건이 뭐야? 유산 달라고? 뉴욕 간다고?"

"어머나. 나, 용건 있는 거 어떻게 알았대?"

"나, 네 엄마로 이십 년 살았다. 아무리 무늬만 엄마였어도 그 정도 깜냥은 쌓이지."

이령은 그렇게 빈정거리고 나서 손에 닿는 와인병 하나를 들고 병째 들이켰다. 그러자 린이 와인병을 빼앗아 기울이더니 자신도 꿀렁꿀렁 병째 들이켰다. 린이 손등으로 입술을 훔치고는 시무룩하게 말했다.

"엄마. 그러니까 엄마. 그러지 마."

"내가, 뭘?"

"밀어내지 못해 안달하는 것 같잖아. 그렇게 안 해도 나 엄마 껌딱지 안 할 텐데, 못 할 텐데, 괜히 쫄 거 뭐 있어?"

"짚고 넘어가자. 너야말로 나한테 어리광하지 마. 네가 네 입으로 고아가 됐다고 말했잖아. 너도 그렇고, 네 아빠도 그렇고…… 다들 떠났잖아. 왜 니들은 전부 니들 생각만 하고 살아? 내가 필요로 할 땐 꿈쩍도 않다가 내가 필요해지면 제 발로 와서…… 제 발로 와놓고도 나한테 생색을 내. 그렇게 평생이야. 니들 짐짝 안 하려고 손톱 세우고 산 게 평생이야. 장애를 비관해서 죽었다고 칼질당할까 봐 죽지도 못하고 끙끙 산 한평생이라고. 그런데도 왜 다들 나한테 요구하고 요구하고 또 요구할까? 나, 천하무적 아니야. 철인 아니야. 남들 다 가진 거 못 가졌는데, 남들 못 가진 거 좀 가졌다 한들 무슨 소용이냐고."

이령은 등에 받치고 있던 쿠션을 빼 집어 던지고는 깊이깊이 작은 몸을 파묻었다. 린은 늙고 병든 고양이처럼 갸르릉거리는 이령의 손에 와인병을 넘겨주었다. 그런 뒤 텔레비전 화면을 똑바로 쳐다보았다. 첸은 〈아리랑〉을 끝으로 더 이상 무대로 나오지 않았다.

우리 모두, 시간이 지나면 흐릿해질 거야.

린은 텔레비전 전원을 껐다.

우연과 우연이 우연히

달리기의 성격이 바뀌었다. 숨이 턱에 차오를 때까지 달리고 달려서 머릿속을 '리셋'하려던 의도가 빗나간 셈이다. 오롯이 한 가지 생각에 골몰한 나머지 반환점을 지나치기도 하고, 몇 바퀴째인지 셈을 놓치기도 하고, 준비운동이 충분했음에도 발바닥에 탈이 나기도 한다.

"무슨 공사예요?"

은탁이 카페테라스에 주저앉아 오른발에다 응급처치를 하고 있을 때 린이 다가와 물었다.

"테이핑 중이야. 족저근막염."

"족…… 그게 뭔데요?"

"일종의 염증. 러너들에게 곧잘 생기지."

"고거 쌤통."

린은 마룻바닥에 두 다리를 쭉 뻗고 앉아 그의 등에 자신의 등을 맞댔다. 그러고는 천연덕스레 들고 온 잡지를 펼쳤다. 그가 열심히 돌아다닐 때의 기록이 남아 있는 여행 전문지다. 의욕은 앞서고 열정은 넘쳐나는데 감이 따라주지 않아 의기소침해지곤 했던 시절에 기획했던 항구도시 기행.

그녀는 커뮤니티 홀과 서재 구석구석에서 그와 관련된 뭔가를 잘도 찾아냈다. 히말라야 트래킹 코스가 프린트된 스카프나 빈티지 크로스백, 수제 인디언 팔찌 같은 것을 제 몸에 갖다 두르고는 선수를 치기 일쑤였다.

이거, 나 가져도 되죠? 이런 게 다 있었네. 내가 접수, 이의 없기. 봐요, 내가 이 물건 살렸잖아요, 등등.

그는 점점 그녀의 통통거리는 말투에 빨려 들어갔다. 저도 모르는 새 말장단을 해주다 자신이 애가 된 듯해 혼자 도리질을 할 때도 있었지만.

"어라? 환자를 등받이로 쓰겠다?"

"말하는 등받이도 있나? 신기하다."

"저기 편한 해먹에 비치의자 다 놔두고 굳이 환자의 등짝을 착취하다니, 이런 악동 취밀 봤나."

"스킨십테라피. 나름 도움이 되라는 깊은 뜻으로 그랬구만. 싫음 마시고."

린이 그에게서 발딱 떨어져 해먹으로 자리를 옮겼다. 은탁은 그 즉시 그녀의 치료법이 아쉬워졌다. 그는 발뒤꿈치에 보강 테이프를 마저 붙이고 나서 조심스럽게 일어섰다. 몇 발자국 옮기면서 부러 더 절름거렸지만 그녀는 잡지만 뒤적이고 있다. 그가 비치의자에 벌렁 드러누우며 투덜거렸다.

"무슨 치료를 하다 마냐?"

"싫다셔서. 대단치도 않아 보이는데요, 뭐."

"이게 별거 아닌 것 같아 보여도 얼마나 괴로운 건데? 걸을 때마다 발바닥이 찢어질 것처럼 아프다고. 안 당해본 사람은 상상도 못 할 통증이라고."

"그걸로 죽을 수도 있어요?"

"뭐 그렇다고는……."

"달리는 건?"

"당분간은."

린이 해먹에서 팔짝 뛰어내렸다. 그러더니 그의 코앞에 잡지의 펼친 부분을 바짝 들이밀며 수선을 떨었다.

"잘됐다. 우리 여기 소풍 가요. 운전도 힘드시려나? 그럼 내가 해도 되구요."

그녀의 가슴골에 저절로 시선이 걸리는 구도여서 그가 화들짝 눈동자의 고도를 높였다. 동그랗게 틀어 올린 헤어스타일 때문인지 원래도 가는 목이 더욱 가늘어 보인다. 도톰한 귓불에는 역시나 어디선가 찾아낸 에스닉풍 귀걸이가 대롱거렸다. 아마도 해외 출장을 다녀온 뒤 사무실 식구들에게 기념품으로 나눠주고 남은 것이거나 게스트하우스 이용객이 흘리고 간 분실물이지 싶은데, 린은 입술을 쫑긋 앞으로 내밀고는 눈을 흘겼다.

—왜 이딴 게 남자 혼자 사는 집에서 나오지? 수상하네. 이실직고하면 감형해주고.

그런 물건을 입수한 날이면 때로 하루 종일 뒤를 졸졸 따라다니며, '그녀는 예뻤어요? 유소정보다?' 하면서 그를 놀려먹기도 했다. 어떤 땐 은탁 쪽에서 '글쎄, 유소정만은 못하지만 마린보다는 예뻤던 듯하다'는 반격으로 그녀의 분노를 사기도

했고.

"너 지난번에 후진하는 거 보니까 안 되겠더라."

"겨우 후미등 하나 깨먹은 걸 가지고 뭘 그래요. 사람 다친 것
아니니 됐다고, 놀라지 않았냐고 통 크게 나오시더니 속으로는
눈물 나게 아까웠구나? 쩨쩨하게."

그는 자신이 찍은 사진들을 물끄러미 들여다보았다. 인파로
가득한 BIFF광장과 산복 도로에서 내려다본 항만 풍경이 앞
두 페이지에, 주전부리 리어카가 죽 늘어선 야시장과 보세의류
더미가 산을 이루고 있는 점포 사진은 뒤 두 페이지에 배치돼
있었다. 십 년도 더 저쪽 과거의 사진들이었다.

"여길 가자고? 지금?"

"옙! 지금 당장. 아저씨가 끝에다 써놨네, 카르페 디엠이라
고. 지금 당장 떠나지 못하면 영영 떠날 기회가 오지 않을 수도
있다고. 이래놓고 입 씻으면 공갈 사기죠."

*

언문일치하라는 린의 압력에 승복하여 은탁은 운전대를 잡
았다. 해가 뉘엿뉘엿 넘어가는 시각이었다. 게스트하우스 나무

물고기 일일 운영과 보안은 기본 시급에 '따따블' 보너스 보장 조건으로 운호에게 넘겼다. 수연이 실실 웃으며 경고장을 발부했다.

"운호 재 입꼬리 터질까 봐 꾹꾹 꿰매고 있는 거 좀 봐라, 봐. 고양이한테 생선 가게 맡기는 격이라는 거 모르시진 않죠? 나중에 나한테 책임 전가하지 마셔."

운호는 기특하게도 부령반점 권규수 옹 기일에 맞춰 제 발로 부령제과로 귀환했다. 언제 어디로 튈지 모르는 두 발 짐승이지만 딴에는 엉덩이 눌러 붙여보려고 무던히 애쓰는 눈치였다.

"풍선 끝까지 빵빵하게 불어봐, 어찌 되나. 한 김 빼듯 바람도 빼주고 그래야 저도 견디지. 나 없을 때 친구들이랑 판 벌이는 거 한 번쯤 눈감아주지, 뭐."

"부령에 성자 났다, 프란체스코 성인. 비행 청소년들에게 집을 통째로 내줄 만큼 관대해지시고. 그게 다 마린 이펙트지 싶다만."

그가 눈을 부라려 수연의 말이 더 나가는 걸 막았지만 부인할 수 없는 사실이었다.

은탁은 수연의 귀한 심성을 누구보다 잘 알았다. 열여덟 살에 사고를 쳐 운호를 출산한 어린 올케가 싹수 노란 신혼살림을 몰래 처분하고 잠수를 탔을 때 수창은 스물하나, 현역 해병대 일등병 신분이었다. 늙고 기운 빠진 아버지와 화약고 같은 수창과 천덕꾸러기 조카를 거둔다는 건 만경평야 너른 품 가진 수연이나 돼야 가능한 일이었다. 그렇듯 수연은 평생 누군가를 껴야 직성이 풀리는 사람이었다. 반면에 은탁은 애틋하고 수수로운 존재에 눈빛이 흔들렸다.

미안하고 고맙고 존경한다, 수연. 내가 널 이해하듯 너도 날 이해해다오.

은탁이 수연의 어깨를 툭 치며 속으로 말했다.

*

이미 해가 진 뒤 부령을 출발, 몇 개의 도와 시, 군 들을 거쳐 마침내 목적지 부산에 당도했을 때는 자정이 임박해서였다.

도중에 두 번 휴게소에 들러 지체한 시간 포함, 300킬로미터가 넘는 밤 고속도로와 국도를 다섯 시간 가까이 달리도록 은탁은 린에게 잠시도 운전대를 맡기지 않았다.

"못 미더워서 그래요?"

"아까워서 그래."

"바깥바람 쐬니 인심이 후해지네. 진작 소풍 가자 그럴 걸 그 랬다."

은탁은 그 다섯 시간 내내 조심스러웠다. 이래도 되나, 이 래서 안 될 건 뭐냐, 그저 훌쩍 소풍 나선 것뿐인데 이래도 되 냐 안 되냐를 자문하는 내가 외려 이상한 거 아닌가, 오락가 락했다.

그들은 고속도로 휴게소 간이 테이블에서 수연이 은밀히 파 이팅을 외치며 싸준 치아바타샌드위치를 먹었다.

"명불허전! 나, 부령제과 견습생으로 받아달래면 받아주겠 죠, 당근?"

"운호 하나로 모자라서?"

"내 생각엔 반가워할 것 같은데……."

그러나 휴게소 테이크아웃 커피는 별로였다.

"다음엔 꼭 집에서 커피 내려 와요. 이건 뭐 밍밍하고 텁텁하 고. 커피, 하면 아저씨지. 인정마크 쏩니다."

린이 엄지를 척 치켜세우며 눈을 찡긋했을 때 그는 출렁다리 를 건너는 것처럼 어질했다. 상과 벌을 동시에 받는 기분이 이럴까.

그들은 바다 위에 가로걸린 광안대교를 지프로 건너갔다 되돌아와서 해변도로를 천천히 주행했다. 오른쪽으로 열려 있는 바다는 나무물고기에서 바라다보는 서해와는 풍광이 사뭇 달랐다. 파도는 낮은 포복으로 상륙을 시도했다 물러나고 또다시 전진과 후퇴를 거듭했다.

"여기쯤 차 세우고 내려서 뭘 좀 찾아보자."

은탁은 린의 안전벨트를 풀어주고 자신도 차에서 내렸다. 밤바람이 차고 비릿하다. 모래사장은 텅 비었다. 워낙 늦은 시각이라 시장기를 해결할 마땅한 데를 찾기 어려웠다. 빵으로 끼니를 때운 터라 그런지 바닷가다 싶어서 더 그런지, 칼칼하고 따끈한 홍합탕이나 어묵 국물이 간절했다.

"금방 겨울 오겠다. 그럼 또 봄이 올 거고."

"린은 겨울 기다리는 거야, 봄 기다리는 거야?"

"겨울은 겨울대로, 봄은 봄대로. 공간도 사람도 사계절을 지나봐야 안다고 말할 수 있다면서요?"

그렇게 말할 때만 해도 그는 그녀와 한 지붕 아래서 세 계절이나 함께 지내게 될지 몰랐다. 그리고 그녀와 자신이 저 파도처럼 다가왔다 물러섰다 하게 될 줄 몰랐다.

"걷는 건 어때요?"

"퍽도 일찍 생각해준다. 인정사정없이 부려먹으면서."

"인심 썼다, 스킨십테라피."

그녀가 그의 팔짱을 끼고는 어깨에 머리를 기댔다. 미처 파도를 피하지 못해 한 켤레뿐인 구두를 다 적시고 말 때가 있다. 지금처럼.

그는 일주일 전 일을 떠올렸다. 린이 서울 집에 다녀온 바로 다음 날이었다. 그녀는 방파제 둑길을 천천히 걸었고, 달리기에 집중할 수 없게 된 그도 걷다 뛰다 하며 보조를 맞추고 있었다.

—아저씨, 나 한 번만 업어줘봐요.

—자전거 태워주고, 같이 걸어주고…… 이제는 업어달라? 체중도 는 것 같은데?

—아저씬 어차피 다 해줄 거면서 꼭 머리말로 점수 깎아먹더라.

218

―다 해줄 것처럼 허풍만 치고 감점당하는 것보단 낫잖아.

―치, 감점 염려할 누적 포인트가 있기는 하고?

―나 이런 말 치사해서 정말정말 안 하고 싶지만, 그 방 1박에 얼마짜린 줄 알기나 해?

―그러니까요, 그 방 나한테 팔면 되잖아요.

―방 한 칸을 따로 떼서 팔라는 건 억지지. 그런 부동산 거래가 어딨다고?

―무상 증여도 괜찮고.

―어구구, 날강돌세.

―나랑 바꾸든가.

그 말에 당황해하는 은탁에게 린이 마무리 일격을 날렸다.

―빈말 아닌데, 이 말.

빈말이 아니어서 더욱 무서운 말인 것을.

은탁은 조금씩 더 체중을 실어오는 린을 살그머니 떼어냈다. 그러고는 사파리점퍼를 벗어 그녀의 어깨에 둘러주었다.

"제발 단단히 입고 다녀. 기관지도 약하다면서. 삼복더위에도 애정하던 머플러는 정작 이런 데선 왜 안 해?"

"아저씨, 나한테 관심 좀 가져봐요. 나 그거 졸업한 지가 언젠데."

"알아. 서울 다녀오고부터 안 하더라. 근데, 왜 도로 내려왔을까, 그게 더 궁금하더라. 그래서 머플러 실종에 대해서는 못 물어봤네."

"음…… 그걸 꼭 말로 해야 아나? 내려온 게 이유라는 생각은 안 드나? 바보아저씨."

그녀가 문득 멈춰 서는 바람에 그도 따라 걸음을 멈췄다. 그녀는 운동화를 한 짝씩 벗어 모래를 툭툭 털어내고 다시 신었다. 그의 팔도 제 것인 듯 다시 끌어다 팔짱을 꼈다.

"아저씨, 〈서머타임〉 알죠?《포기와 베스》에 나오는 곡. 되게 유명한 노랜데."

"뜬금없이 〈서머타임〉은 왜? 자장가잖아, 그 노래."

"그냥 생각나서. 누가 그걸 바이올린곡으로 편곡해서 연주하더라구요."

"그건 보컬로 들어야지. 난 엘라 피츠제럴드 버전이 좋던데. 만신창이가 된 영혼이 때 묻지 않은 영혼의 미래를 위로하는 것으로 들려."

"나한테 그 머플러도 자장가였다고. 소정맘이 웅얼거리는 자
장가……."

그녀가 애써 침착함을 가장해도 그 목소리에서 물기가 배어
나오는 걸 감출 수는 없었다. 은탁이 안쓰러운 눈으로 린을 돌
아보자 그녀가 대뜸 외쳤다.

"아, 저기 있다! 포장마차!"

그는 얼결에 그녀가 팔을 잡아끄는 대로 걸음을 서둘렀다.
검푸른 휘장 바깥에 집어등처럼 조롱조롱 매달린 알전구가 별
빛인 양 반짝였다.

차갑고 뜨겁게, 첫 겨울

한가을 내내 나무물고기에도 이런저런 변수가 생겼다. 그중에서도 안타까운 사연은 해병대에 입대했던 동재가 의병제대를 하게 돼 고향 집으로 돌아오게 된 일이다. 자대 배치를 받자마자 훈련 중의 사고로 고관절과 무릎에 철심을 박는 대수술을 했다는데, 생각보다 씩씩해서 다행이었다.

―공항 검색대 같은 데 통과할 때마다 삑삑거리면 어쩌죠, 캡틴?

―콧수염 기르고 싶다던 꿈은 접어야겠다, 왠지?

―아무래도, 좀, 그렇겠죠?

동재는 복학할 때까지 나무물고기에서 간단한 업무 보조를 하면서 휴식기를 가지기로 했다.

그사이 딸네 집에 다니러 갔던 공 여사가 돌아왔다. 공 여사는 입만 열면 손주 자랑이었다. 생후 한 달 남짓한 인생에 대해 그토록 할 말이 구구절절하다는 데 다들 놀라고 질려버렸다. 여사는 스마트폰 바탕화면에 첫 외손주의 하품하는 사진을 깔아놓고 수시로 들여다보았다.

현주는 방송통신대학에 입학하겠다는 목표를 세웠다. 언제까지 관광철마다 부모의 가게 일이나 거들며 청춘을 저당 잡히고 싶지 않다고 했다. 그녀는 틈틈이 영어 공부 도움도 받을 겸 아예 시간제에서 전일제로 근무 조건을 전환했다. 카페 나무물고기에 들러 커피를 마시는 낮 손님이 부쩍 늘었기 때문에 은탁의 입장에서도 크게 무리는 아니었다.

운호는 고시원으로 들어간 진수가 전에 하던 업무를 익히며 나무물고기에 상주하기로 했다. 운호를 통제할 수 있는 사람은 제 고모도 제 아빠도 아닌 린이었다. 그 이유로 운호는 수연의 욕바가지를 덮어썼다.

—저게 뭐가 될라고! 지 애비 고모 삼촌 말은 싸그리 씹어 삼키는 놈이 오르지 못할 나무 밑에서 금붕어처럼 아가미를 벌리

고 있겠다는 거야, 뭐야? 탁이 오빠, 저 금붕어새끼 알아서 해요. 볕에 말리든 젓을 담그든. 나 리콜 안 받을 거야. 오빠는 국방부가 무책임하게 반품한 동재를 받는 인격일지 몰라도, 난 안 돼. 안 해요. 저 배은망덕한 새끼, 나 손 털 거야.

　─무슨 말을 해도 원……. 뭔 비유가 나무 밑의 금붕어냐? 나한테 억하심정 있나 보다?

　─너무 깊이 들어가지 말아요. 아 그래서 나무물고기에 딱인 놈이구나, 그렇게 새겨들으시라고.

*

　게스트하우스 나무물고기는 부령제과와 더불어 부령의 핫플레이스, 자유 여행자들의 필수 방문 코스에 등극했다. 두 곳을 패키지로 다녀간 청춘들이 SNS 계정에 올린 방문기와 사진과 댓글들 영향이다. 린의 존재감과 이벤트도 한몫했다. 그녀는 '불타는 토요일' 바비큐 파티 때마다 페이스페인팅이나 캐리커처를 제공하는 즉석 서비스로 인증샷에 열 올리는 청춘의 취향을 저격했다.

　린은 나무물고기에서만 아니라 부령 어디서나 눈에 띄었고 튀었고 불가사의했다. 다행히도 은탁과 수연 외에는 부령의 누구도 린의 계보를 알아채지 못했다. 요양병원의 안나조차도 딸의 딸을 알아보지 못했다. 린에게나 안나에게는 슬픈 일이 었으나.

"살아 있으니 이렇게도 마주치는구나. 두 집안 연(緣)이 어찌 이리도 질길까 싶다."

은탁의 어머니 마리아는 그 옛날 소정 또래인 린의 인사를 받으며, 성부와 성자와 성령의 이름으로…… 성호를 그었다. 이십 년도 더 너머의 옛일이 악몽으로 떠오르는지 그의 어머니는 린의 손을 맞잡은 채 깊이 한숨지었다.

*

그렇게 첫겨울이 왔다. 동지(冬至)를 결승점으로 마법의 시간대는 점점점점 앞당겨지고, 그만큼 밤이 길어지고, 낮에도 물웅덩이에 살얼음이 얼고, 헐벗은 나뭇가지에 새살 같은 눈송이가 사분사분 내려앉는 으슥하고 삼엄한 계절.

"겨울은 좋은데 싫어요. 싫은데 좋은 거하곤 달라."

"어떻게 다른데?"

은탁은 밑도 끝도 없는 린의 말에도 일일이 귀를 세웠다.

"좋은데 싫은 건 좋은 게 더 많다는 얘기. 싫은데 좋은 건 그 반대."

"복잡해서 계산기 한참 두드려야겠네. 하여간 린은 연구 대상이라는데? 현주도, 동재도. 아, 부령제과도."

"난 그 사람들이 이상하던데. 다들 무슨 자책에 자학을 달고 사나 몰라. 마조히스트들 같아."

린은 볕 좋은 한낮에 잠깐씩 카페테라스에서 시간을 보내곤 했다. 그녀는 스케치를 하거나, 멍하니 바닷물 들고 나는 갯벌을 내려다보면서 커피를 마셨다. 춥지 않으냐고 물으면 엉뚱한 대답이 돌아왔다.

"광합성이 필요해요. 아마 전생에 알로카시아 같은 관엽식물이었던가 봐."

"지난번엔 수생생물이었을 거라면서?"

"전생, 전전생, 전전전생…… 워낙 여러 생이라."

린은 세네시쯤 날빛이 쇠하거나 공기가 달라지면 광합성 활동을 접고 실내로 철수했다. 그때마다 스태프들이 보거나 말거나 은탁의 겨드랑이나 호주머니에 곱은 손을 쑥 밀어 넣어서 그를 난처하게 만들곤 했다.

일손 공백이 메워진 뒤로 린은 특별한 일이 없는 한 주중의 저녁을 여느 여행자처럼 한가롭게 지냈다. 은탁은 카메라를 만지는 시간이 늘어갔다. 그는 가끔 고양이처럼 안락의자에 몸을 파묻고 있는 린을 렌즈에 담았다. 그녀는 이상한 제스처로 사진을 훼방하는가 하면, 어떤 땐 제법 모델 같은 놀라운 포즈를 취해주기도 했다.

*

그 겨울, 린은 제 방으로 올라가기 전까지 주로 벽난로 앞에 진을 쳤다.

그는 오며 가며 불쏘시개로 쓰려고 모아둔 솔방울을 한 움큼씩 불 속에 던져 넣었다. 그럴 때마다 타닥타닥 군밤 터지는 소리가 났다. 어슷하게 덧포갠 땔나무 토막으로 불티가 옮겨 붙고, 화르르화르르 타오르는 불꽃을 바라보고 있으면 그녀는 한 시간이고 두 시간이고 심심치 않다고 했다.

어느 날 그녀가 심각한 낯빛을 하고서 벽난로 앞에 쪼그리고 앉아 잿더미에 묻어둔 고구마를 뒤적이고 있을 때였다. 은탁은 그녀 곁에서 해거름에 운호를 데리고 작업한 장작단을 난롯가에 보기 좋게 쌓고 있었다.

"너무 바짝 다가앉지 마, 린. 고구마보다 린 얼굴이 먼저 익겠다."

그녀가 딴소리로 되받았다.

"아저씨, 나 처음 봤을 때 어땠는데?"

그가 허리를 폈다. 검댕이 묻은 장갑을 벗어 탈탈 털며 익살스럽게 대꾸했다.

"에, 또…… 숨이 안 쉬어지더라."

"에이, 뻥치시지 말고. 난 엄청 진지한데 지금."

"백 투 더 퓨처?"

린이 뭔가 알 듯한 표정으로 고개를 끄덕이다가 다시 세차게 도리질을 했다.

"시간을 좀 더 뒤로 감아봐요. 아저씨가 날 픽업하러 왔던 그날 말고, 나 아기 때 어땠냐는 거거든. 그때 사진도 없고, 내 주위에는 물어볼 사람도 없고."

일순 은탁의 표정이 어두워졌다. 이즈음 한결 순순해져서 언제 어디로 튈지 모르는 구석이 있다는 사실을 깜빡 잊었다.

"처음 린이 이 세상에 왔던 날이라……."

린은, 그의 집안에서는 의식적으로든 무의식적으로든 오랫동안 금기였던 그날이 궁금했다. 자신이 나무물고기에 나타나고 그 계보가 드러난 이후로도 그가 의식적으로 무의식적으로 복원을 저어했던 그날의 전말이 듣고 싶었다. 들어야 했다.

"미운 오리 새끼였겠네. 반갑지 않았을 테니…… 식구들에겐."

린의 자조가 그의 가슴을 후비었다. 그녀는 가끔 세심한 손길이 필요한 아이로 되돌아가곤 한다. 그녀 안의 덜 자란 소녀가 버림받은 고양이처럼 몸을 옹그린 채 흐느끼기 시작하면 그도 속수무책이다.

그녀가 젖어드는 눈시울을 감추려 카페 테라스로 고개를 돌렸다. 그녀를 좇아 그도 창밖을 내다보았다. 희끗희끗 눈발이 날리고 있다.

갯벌에 내려앉는 순간 사르르 녹아 사라지는 눈꽃송이. 사랑도 존재도, 저처럼 덧없는 것이라고 생각하던 시절이 있었다.

그는 그녀를 뒤에서 거머안아 안락의자에 앉혔다. 무릎담요를 덮어주고, 따듯하게 데운 코코아를 머그잔에 따라 그녀의 손아귀에 쥐여주었다. 그녀는 고분고분 몸을 맡기면서도 눈으로는 그의 답을 재촉했다.

"시끄럽게 울어댄 것만 아니면 린은 오리 아니었어. 백조였어. 깃털 하얀 고니."

"유치해. 그걸 무슨 위로랍시고."

"있지, 무슨 갓난아기가 오목조목 인형처럼 생겼던지. 피는 못 속이겠다고 다들 한마디씩 했지. 상황이 좀 복잡하긴 했지만, 그래도 예쁜 건 예쁜 거니까."

"그리고……?"

"그리고…… 2.8킬로그램. 48센티미터. 어머니 말로는 거꾸로 나왔대. 머리부터 나온 게 아니고 발가락부터. 아기가 머리부터 나온다는 거 그때 알았어, 나도."

"날 때부터 신고식이 요란했구나, 나란 애. 또?"

"산모가 젖이 안 돌아서 미음을 쒀 먹인댔어. 그것만 아니면 태열도 잘 가라앉았고, 신생아 황달도 잘 이겼고…… 착한 아기였어. 예쁘고 착한 아기."

"별걸 다 기억하네. 질풍노도기의 고딩이었다면서?"

"그러게, 그냥 떠올라지네. 잊고 있었는데, 물으니까. 코코아 더 줄까?"

린이 대답으로 반이나 남은 머그잔을 도로 내밀었다.

그녀는 자신의 빈 손바닥을 조용히 들여다보더니 얼굴로 가져갔다. 그녀는 두 손으로 얼굴을 가린 채 한동안 그대로 있었다. 은탁은 자장가를 읊조리듯 그녀의 등을 가볍게 다독였다.

이윽고 그녀가 자신의 얼굴에서 두 손을 거뒀을 때, 그가 마음 졸인 것과는 달리 그녀는 울고 있지 않았다. 그는 그게 더 불안했다. 그가 달래듯 그녀에게 등을 돌려 댔다.

"업어줄게. 업어달랬잖아, 전에."

제풀에 무안하기도 해서 그의 말이 다소 퉁명스러웠다. 린은 두말 않고 그의 등에 엎드렸다. 그의 겨드랑이 사이로 가녀린 두 팔을 끼워 넣어 그의 가슴 앞에서 손깍지를 꼈다. 그녀가 그의 귀에다 대고 속삭였다.

"아저씨, 내 꺼다. 이제 어디 못 간다. 큰일 났다."

은탁은 자신의 몸에 밀착된 그녀의 몸보다, 그녀가 귓속에 꽂아준 장난기로 위장한 진심이 더 아찔했다. 체중과는 무관한 무게감이 그를 짓눌렀다.

"옛날에도 나 업어줘봤어요?"

"목도 못 가누는 앨 어떻게 업는다니? 베개도 한번 안 업어본 사내놈이잖아. 그래도 신기해서 손가락 만져보고 또 신기해서 발가락 만져보고⋯⋯. 어른들 안 볼 때. 어른들 있으면 날더러 저리 가라고, 쉬쉬하면서 저리 가라고 하니까⋯⋯."

은탁의 말을 듣고 있던 린이 그의 등에 뺨을 갖다 댔다. 그러고는 들릴 듯 말 듯 낮게 중얼거리기 시작했다. 온 마음을 다하지 않으면, 온 신경을 집중하지 않으면 들리지 않을 나직나직한 고백이었다.

"오리는요⋯⋯ 태어나서 제일 첨 본 물체를 제 엄마 아빠로 안대요. 거위도 기러기도 그렇대요. 내가 아저씨 졸졸 따라다니는 것도 그래선지 몰라. 부령제과에서 첨 봤을 때부터 하나도 안 낯설었거든. 까칠하게 틱틱, 아무리 그래도 빈말인 거 알겠거든. 아저씨가 날 겁내도, 겁나서 밀어내려고 해도 나 하나도 안 미웠거든. 하나도 안 무서웠거든. 아저씨는 내 엄마고 내 아빠야. 그러니까 날 밀치면 안 돼요. 그건 바보짓이니까. 세상에서 가장 못된 짓이니까. 내가, 아저씨가 제일 아끼는 뭔가를 망가뜨려도 아저씬 무조건 내 편이 돼줘야 해요. 난, 아저씨가 제일 아끼는 그 어떤 물건보다, 그 어떤 누구보다, 제일 아끼는 사람이 될 거거든. 알아들어요?"

은탁은 린의 엉덩이를 떠받친 채 벽난로 앞을 왔다 갔다 했다. 어느새 자신의 등이 축축하게 젖어들고 있었다. 그녀의 가장 깊은 곳에 고여 있던 눈물이 제 물고랑을 찾은 듯했다.

다시, 사랑

세상에 일어나지 말아야 할 일은 있지만, 세상에서 일어나지 않는 일은 없다.

사랑도 매한가지. 만나야 할 사람은 언젠가 어느 모퉁이에선가 마주친다. 악한 인연도 선한 인연도 확장된 우연의 집합체 안에서 작동하는 인간사일 뿐. 애욕의 인연은 통속적이어서 모질고 참담하고 애틋하고 강력하다. 불같은 얼음과 차가운 불꽃, 빙점과 비등점을 오가는 그 기형적 탈현실적 속성 때문에 제 것을 버리고 어떤 모욕도 감내한다.

그럼에도 불구하고 사랑은, 세상의 모든 사람들이 꿈꾸는 낡은 새로움. 늙었거나 젊었거나, 아프거나 건강하거나, 부유하거나 가난하거나. 슬프게도 예외 없이. 그중에서도 사랑을 놓친 자들이 가장 애타게 사랑이라는 이름의 낡은 환상, 그 아름다운 도착(倒錯)을 꿈꾼다.

또 그럼에도 불구하고 사랑은, 사랑. 불멸과 황홀에 이르는 유일한 통로라고 믿는 이들이 멸종하지 않는 한.

*

보이지는 않지만 명백히 존재해온 저만의 방화벽이 하나씩 해제되고 있다면…….

일상의 자잘한 규칙들의 우선순위가 바뀌었다면…….

감각이 이성을 추격해 드디어 저만치 따돌렸다면…….

그것은 필경 사랑의 형기를 치르고 있는 자들의 몹쓸 기억상실의 징후일 테다. 내 편, 2인 1조, 한 팀……. 그렇듯 소유대명사를 남발하는, 동화(同化)의 욕망을 욕망하는 단계.

린과 은탁도, 앞서간 모든 연인들의 길을 걸었다. 그들도 자기 질서를 고수하려는 의지가 미약해진 심신에 별다른 내적 제지를 가하지 않게 되었다.

─무상 증여 맞죠? 줬다 뺏기 없기예요? 이참에 계약서 써두는 건 어때요?

─순 알박기지. 업계 용어로 하면 무상 임차. 대신 이 방, 나한테 되팔 수 없다. 알지?

─뭐예요, 그 음침한 경고는? 어쨌든 수락.

그렇게 하여 린과 은탁은 차갑고 뜨겁게, 빙점과 비등점을 오가는 기나긴 레이스에 올랐다.

족저근막염 따위는 아무것도 아니야. 극복할 수 있다고.

두렵고 설레는 출발선에서 그들은 서로 마주 보았다. 이심전심, 상대를 축복하고 레이스의 완주를 기원했다. 반환점이 없는 길고 긴 레이스가 될 테니까.

작가의 말

사람들은 잊기 위해, 아니면 잊히지 않기 위해 너무 많은 시간을 소모한다. 잘 잊고, 잊혀도 그만이라고 생각하는 나는, 그래서 같은 실수를 반복한다. 사는 게 무섭다가도 그 사실을 잊고, 인생 대수로울 게 뭐냐 매일 하루 치만 열심히 살자 하다가도 그 결심을 잊는다. 실수쯤이야. 그조차 곧 잊을 텐데 뭐.

잊거나 잊히는 일에 절박한 사람들은 어떨까. 이를테면, 잘려나간 기억의 환지통(幻肢痛)을 앓는 사람들. 이 소설은 망각과 복원, 기억의 소멸과 기억의 재구성에 관한 그들의 이야기이다. 그 어디쯤에서 그들이 마주친다. 운명이든 우연이든, 아무튼.

한 번도 내 집 내 책상을 떠나서 소설 작업을 해본 적이 없다. 하건만, 이 소설은 내내 낯선 곳에서 썼다. 가능할까, 했는데 가능했다. 글을 쓰느라, 혹은 글이 써지지 않아 천지 사방으로 돌아다니는 동료들이 비로소 이해가 됐다.

에돌아 말할 필요가 있나. '변산바람꽃'과 '객주문학관'에서 이 소설을 시작하고 끝맺었다. 글 쓸 공간을 내어준 두 곳의 관계자들께 고마움을 전한다. 덕분에 방황하고 방랑하는 작가의 '포스'를 좀 갖춘 듯도 하다. 또, 내 삶을 관통한 모든 사람들이 이 소설을 함께 썼다고 믿는다. 그들 모두와, 이 책을 만들어준 '나무옆의자' 식구들에게도 고마움을 전한다. 다들 평안, 무사하시라.

2016년, 한창 가을에
지리산 어느 게스트하우스에서

ROMAN COLLECTION 009

달리는 남자 걷는 여자

초판 1쇄 발행 2016년 12월 7일
초판 3쇄 발행 2017년 8월 1일

지은이 정길연
펴낸이 이수철
주 간 하지순
디자인 이다은
마케팅 정범용 김지운
관 리 전수연

펴낸곳 나무옆의자
출판등록 제396-2013-000037호
주소 (03970)서울시 마포구 성미산로1길 67 다산빌딩 301호
전화 02) 790-6630 팩스 02) 718-5752

페이스북 www.facebook.com/namubench9
인쇄 제본 현문자현 종이 월드페이퍼

ISBN 979-11-86748-82-4 04810
    979-11-86748-04-6 (세트)